虛構集

哲學工作筆記

楊凱麟

目錄

序

讓眼球骨折

不再寫所看或所聽，不再為影像或口語服務，不再是紀錄或回憶，絕非任何方法的描述，而是語言的搏擊、坎陷與互掐脖子，是一對一或一對多的決鬥。讓書寫成為問題……

讀書、看展覽與生活是一回事，書寫則是另一回事。

書寫的人眼睛盯著一幅菸斗的畫，嘴裡嘖嘖發出評論：「這不是一支菸斗。」

讓眼球骨折，在此虛構。

虛構並非假、非錯、非無用，或許它亦沒別的本事，只不過使既有的真理在面前虛弱地顫抖，尿濕褲子。如同白目的克里特島人逢人便說，克里特島人都說謊。

整部文學史加上整部哲學史可以簡約成三個字的日子已經到來。我說謊。

或者，根據布朗肖，「謊」字其實可以抹除，我說。最後，「我」亦抹除，剩下喃喃空無的「說」，語言「說」、說「說」、說……，干真假你我何事？

虛構集

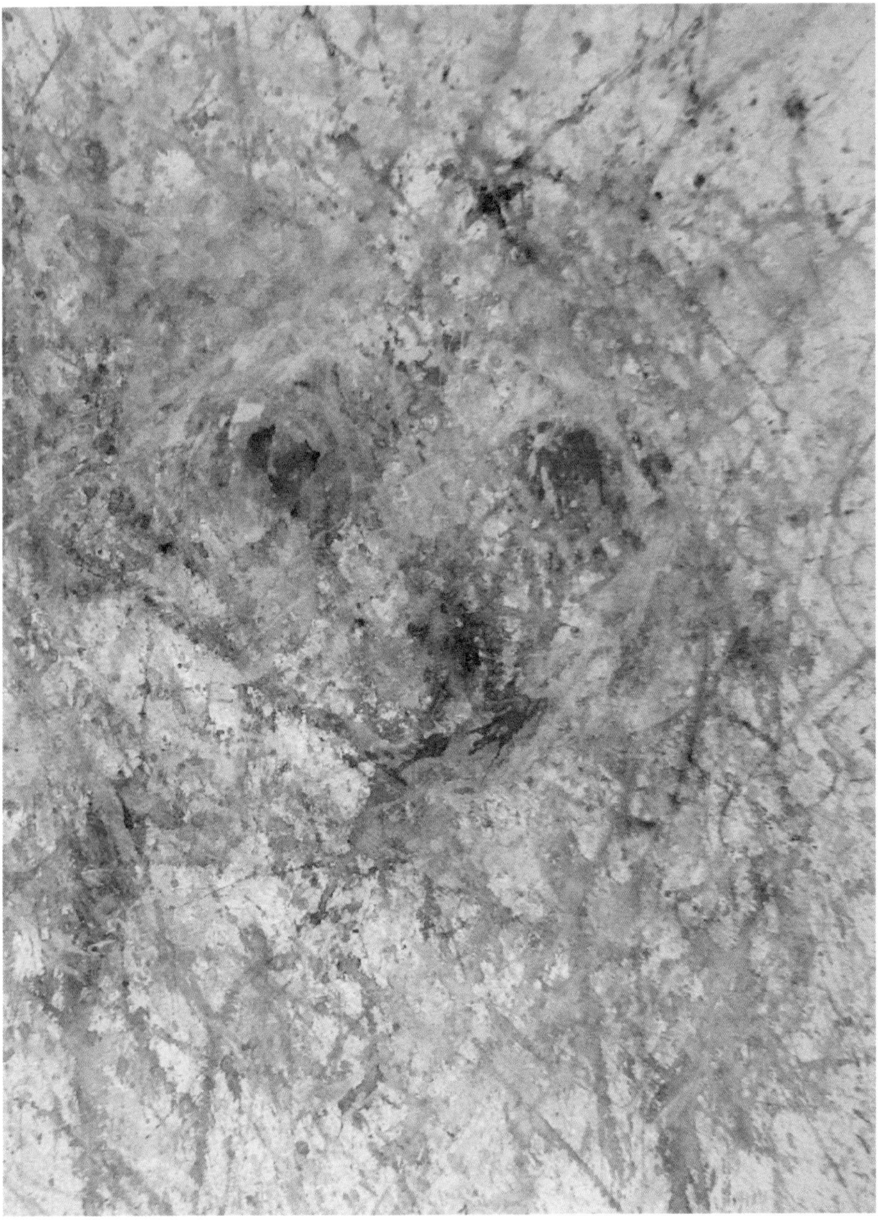

卷　一

一八八九年一月三日，我是基督

他將筆尖仔細蘸飽墨水，在筆記本上飛快寫下一行句子。

「都靈是第一個讓我可能的地方。」

鈷藍的墨跡在紙面上像一尾翻騰暴怒的龍，而他就是傳奇裡那個屠龍聖者。

這裡是真實的幸福，他意猶未盡忍不住再補充一句，墨水剛好用盡。

九個月後一個隆冬早晨，空氣中還浮晃著前夜煤氣爐散逸的淡淡油氣，他走出卡羅阿貝托路六號四樓的房間，鎖好房門後下樓，準備穿過由石塊鋪展的古老廣場，一步一步走向他命運的終結。

那是一個尋常的日子，新的一年剛剛展開，離世紀末還有十餘年，都靈剛下了一場大雪，乾淨的晨光在街上每一堆殘雪裡閃爍奔竄，人們從城裡各個角落走向阿貝托廣場的市集，耳朵裡錚錚響著陽光來回撞擊冰晶的細小聲浪。他走進市集裡，菜販的吆喝聲與肉鋪剁骨切肉的悶響包圍著他，不遠處還傳來載貨馬匹的陣陣尖銳嘶鳴。

是的，要有一匹馬，尼采正慢慢接近這匹嘶叫的馬。不是陪伴查拉圖斯特拉的鷹與蛇，也不是代表思想變形的嬰兒、獅子與駱駝，而是一匹正被主人殘酷鞭打的馬。這匹馬嘴唇曲扭掀張，露出一顆顆巨大蠟黃的牙齒，絕望而艱難地噴吐著白色的霧氣，生命即將熄滅的最後氣息正逐漸把周遭的人們收攏到一團不可見的氤氳之中。

大概一百五十步便能穿越一百公尺長五十公尺寬的阿貝托廣場，尼采沒能走完。他停在一匹受苦的馬前，望見整個宇宙的倒影毫無遮掩地被縮映在黑亮濕潤的馬眼裡，一切山川景色都閃動著寶藍色的知性之光，日月星辰以驚人的速度旋轉，時間像是賭場裡巨大的俄羅斯輪盤周而復始地擊發。他歷經世界的誕生、山川大海的誕生、人的誕生、普魯士帝國的誕生，他父母祖父母與歷代祖宗的誕生；他歷經自己的誕生、死滅與復活。所有這些宛若一瞬，亦宛若永恆。

他發現自己站在宇宙的中心對萬物了然於心。

這是他最後一次再看見自己卑微的形象，或許也是世人的最後一次。因為接下來這個宇宙崩潰了，神在這個長方形廣場上親自伸手探入尼采的腦子取走他的靈魂。

神不是沒想過更早就取走這個瀆神者的靈魂。

這亦不是尼采第一次與神對決。

在《查拉圖斯特拉如是說》第一卷寫完的那個深夜，尼采在一種高昂的激奮中瞥見他窄仄書房裡的每一本書、每一張寫好疊起的稿紙、每一枝筆與每一粒灰塵都飄浮了起來，高高低低地懸在半空，以地球自轉的速度繞著他旋轉。

在那個清涼如水的夜裡神並未出手。對祂而言，這件事就像從核桃的硬殼裡掏出果仁兒，即便是對於那個長久以來真正不信神的人。

起初，那個消失的靈魂只給整個宇宙帶來很微小迷你的真空，以大腦容量來說大約一千五百立方厘米左右，比大瓶礦泉水略多一點但還不到一顆排球的大小。但古希臘哲學家早已經預言，只要有一點真空出現，整個宇宙便會像被炸掉支柱的大樓般連鎖崩塌潰縮於此空無中。因為真正的空無即使只有針尖大小亦將吞噬一切。

在連結兩個時空的開口永遠關上之前，尼采從搖晃的異次元中勉力捎來最後的手信，*Wahnbriefe*（瘋狂信札），他再次署名基督，筆畫破碎難辨，一切似乎已完全黯滅。

我們應該動用神學的高度來理解整個事件。

這是上帝的一日。

因為一匹痛苦嘶嚎的馬，基督與反基督同時上陣，都被再釘上十字架。

一八八九年一月三日，義大利北方的歷史老城都靈，經緯度45.068709, 7.686465，像那些好萊塢動作片裡常使用的定格挪移（temps mort），那些非人的鏡頭躍進與變速，或是視野如禽鳥般左右無限對映延伸的全景鏡頭，因為上帝的插手，宇宙的座標被永恆地歪斜偏移了。尼采與那匹馬永遠地被留在原來的宇宙裡，但我們不會知道，因為我們已被撥轉到一個不再有尼采的世界。

對峙

那是讓心臟咚一下箍緊縮成一顆彈珠大小的對峙。

f聽到不遠處有人說好喜歡這一刻，輕脆的金屬鈸聲水花四濺，各種絲竹管弦此起彼落亂世兵燹奔湧而來，一整團年輕樂師此時全低著頭熱心地在台上調音。這些正被掐著琴弦或摀住孔穴的樂器是樂師們從留學的維也納、巴黎或紐約千里貼身攜回的名貴傢伙，現在與他們的主人（大都是女的）處在最幽微私密的體己時刻裡，像是每個人都拚命要馴服手上不斷咿呀怪叫的神物，又像一對陷入人生明滅閃爍暗影裡的母女，心疼地撫摸著對方受苦的身子。

樂團從中午便著魔地排練，f坐在聽眾席裡讀著G. Perec的*La vie mode d'emploi*邊用手指捲著頭髮玩，耳裡不斷傳來舞台上妹妹從管弦紊流中不慌不忙突圍的巴哈《觸技曲》。她把正在讀著的那一頁仔細摺好後站起來，看了明晃晃的台上一眼，從冷清的觀眾席裡打橫穿出腥紅的棋盤座位區，走向舞台後方的廁所。

繃凸著膠皮海綿的沉重木門一層一層圍著音樂廳，f費盡氣力推開的一扇門像受了驚嚇的軟體動物緩緩縮回肉足，重新吮住門框。f走在接連不斷的密閉腔室裡，陪伴她過來的樂聲一點一滴被吸入消音海綿的孔隙，最後只剩下悶悶的氣聲，像是很遠地方傳來的微弱鼓聲。

f覺得自己像是約拿，已被吞入史前巨鯨的肚子裡，扁了扁嘴笑了。

f突然想起忘了拿衛生紙於是只好折返，那個高大的男人在第一道門邊與她錯身而過。f再推開重重厚門時，每一扇闔上的門都像是要把舞台的樂聲更深沉地搗住。她走進女生廁所，鎖上門褪下長褲。

廁所很乾淨，幾乎沒有使用的痕跡，眼前的一切都浸潤在瑩白乾燥的冷光裡，連瓷磚都安靜地閃閃發亮，空氣中飄著幾乎聞不到的淡淡漂白水味。在這種低限的氣氛中，門縫裡傳來一陣像動物探索碰觸的輕微聲響，她心臟狂跳迅即穿上褲子，拉開門後男人像一頭人立起來的棕熊堵住門口。

f覺得整個世界的光度剎那間調暗了，男人是這個世界的巨大陰影，幾十道木門外的亮白舞台上有一整團人正無比放肆地大聲撥弄樂器，但f聽不到一丁點樂聲，現在暫時不會有任何聲響了。

f以為她會大聲呼救，或至少奮力突圍，但那麼多道關上的木門已把她與這個陌生男人封印在一個從現在開始將由命運的連鎖決斷所茂密滋長的歧路花園裡。幾乎是本能的，她抬起頭直睜睜地看著男人，在他那彷如被鑷子摘掉蕊心的混濁瞳仁裡有著宇宙大爆炸前無比安靜的一瞬，每一粒空氣分子似乎都咻地被吸到這個高壓高爆的風暴之眼裡。f專注而沉靜地凝視那個極狹窄縮陷的點，那裡面有一整片荒涼孤寂的沙漠。

要命，我說，簡直就是小說決疑與綻放的文學時刻。這句話幾乎立即激怒了f，她現在穿著吊帶短褲正舒服無比地躺在沙發上啜飲著一杯由啤酒、7-Up與糖漿調成的monaco。

男人一動不動地原地杵著三十秒，說不定是三十分鐘。在這之間，世界不斷地從這個白色的空間裡重新誕生與死滅。我彷彿看到男人雙腳牢牢站定，上半身卻有如千手千眼觀音般同時朝各種可能與各個方位撳動下一個世界的按鈕，像是那些在電影裡因快速剪接拼貼而產生幻影的核爆、海嘯、火山噴發、太空梭解體、郵輪沉沒……，這些事件以快速無比的手法一化為二、二化為四、八、十六……無窮可能的世界在我眼前像一大束變幻莫測的百合花妖冶地爆炸綻放。然而，門被f拉開的那最初三十秒裡同時已經是一個永恆的時刻，因為在妖邪的世界啟動之前，在那個**什麼**真的侵入這裡之前，時間勢必已經徹底脫節崩潰，生命的韻腳從今以後或許再也合不上拍了。

f仰著頭凝視著男人，「我要出去了。」她輕聲說。男人仍怔怔地一動不動，但身體的深處卻發出極細微的一聲咔啦，女廁狹小單間裡的重力突然恢復了，原本四散飄浮等待著另一星體重力的水滴、紙張、馬桶刷與洗潔劑紛紛跌回原來的位置。f側身擦過男人走出來，外面洗手槽上的一大片鏡子把廁所映照得像是一個幾何線條畫成的劇場。

神的劇場。

對不起，男人囁嚅地說，我在找我的手機。

f回到座位坐下後好一陣子，發現自己的手腳正無法抑止地劇烈顫抖著。

「神在一個夢裡對牠說：你現在活在這個囚房，也會死在這個囚房，好讓一個我所認識的人可以看你好幾次而不會忘記，然後把你的形體、你的象徵放進一首詩，那首詩在宇宙的脈絡中有其確切的位置。你承受了囚禁之苦，但你將為那首詩提供一個字。」

——波赫士

我妹妹

我妹妹是史上最嚴重的憂鬱症併發穢語症患者，她常常想殺人，她要殺我，殺我老爸，殺老爸的狗與紅龍。但她昨天又燒了自己頭髮，因為擰開吹風機的動作觸動她心裡潛藏的鬱卒，於是她立刻像一尊雕像般弓著手臂沉沉睡著了，任由吹風機像蒙古大草原上的永恆焚風嗚嗚地焦燎她頭頂心一大塊秀髮，四十小時後她像一隻焦躁憤恨的印尼樹獺般翹著一撮蔫黃的頂毛從房裡氣急敗壞地竄出，滿嘴三字經。

我在房裡聽到她像電視購物頻道專家般幹遍我家祖宗三代，詳細列舉各種老屄老屌的可笑性能，忍不住將門打開一條縫瞧瞧她的樣子。

她立刻發現我了。

我說我要幹我老木，她大喊。

我善意地頷首表示理解，不料這個舉動觸怒了她。

幹！信不信我殺了你。她又大喊。

我腦子裡浮現電影裡慕容燕擊殺黃藥師的一幕。

那是一個殺機四伏的晚上。慕容嫣要殺慕容燕，慕容燕要殺黃藥師，而黃藥師因為心愛的女人死了正喝著名為醉生夢死的酒。

畫面裡梁家輝擎著一缸酒在客棧無所事事地痛飲，大聲而蒼涼地笑著。林青霞錦衣華袍一臉英氣，瞪著梁家輝按劍大怒：

信不信我殺了你。

梁家輝緩緩喝了一口酒仰頭大笑，二人慢動作錯身，光影中衣帶滾動翻飛，林青霞與梁家輝像在放慢的步伐中滑著抒情的狐步，時光幾乎靜止在這幻美的殺人一刻。擊劍任俠原不過是衣裾布衫間飽含詩意的飄揚拍動，二人目不斜視，彷彿只是衣衫輕輕碰觸一下對方便飄然而去。梁家輝低頭望著手上一抹鮮血，豪氣悲涼地大笑起來，勝負已決，笑聲震得整個電影院嗡嗡地響著。

自從看了這片後我很想學梁家輝這種蒼涼無比的大笑。於是一聽到有人說要殺我，我便也在門縫裡仰頭哈哈大笑起來，但我妹是一個資深的港片迷，她立刻察覺我正在摹仿梁家輝，但誤以為我在笑她，「我幹哩娘，你才不是梁家輝！」吹風機隨手便飛來砸在門上。

唉！有這種妹妹什麼時候我才能像梁家輝呢？

男人

男人半年來失業、輾轉流離於不同工作，沒戴安全帽騎機車載著國小女兒到台中清泉崗機場，違規停車，警察過來干涉，質問何以不戴安全帽。

其實，抑鬱的男人只想讓女兒看看大飛機的起降。

其實，年輕警察只是希望男人離開別阻礙交通。

但複雜宇宙中某一細微迴路的終於崩斷讓男人瞬間暴怒，早上他才在女兒學校揍了老師，怒氣像掙脫枷鎖的惡龍，波濤潰堤。或許，只是不願在小女兒面前遭人羞辱，他粗聲與警察爭執、動手腳。年輕的警察拔槍卻失手掉落，接下來畫面彷彿跳接到了八〇年代的香港警匪片：

男人快手撈起擦得烏金發亮的手槍，子彈上膛朝空中擊發。然後，像是當年的周潤發或劉德華，穿著大衣的男人在畫面中帥氣且毫無所懼地與前來支援的警網槍戰，雙方交火互開二十六槍。在馬路上，從海岸吹來的風徐徐拂起男人的衣襬，男人赤腳挺立路中，對呼嘯而來的子彈毫不避讓閃躲，像一幅永不妥協的畫像，當代社會自殺者的完美典範。

最後，男人身中四槍，萎斃於路中。

這場悲劇的最後一幕或許不是吳宇森而是狄西嘉式的。攝影機在最後一幕環場飛旋，世界明亮而暈眩，小男生躲在圍觀的人群裡看著偷腳踏車被民眾圍捕制伏的年輕爸爸，在他稚幼的雙眼裡清澈地預示著童年的結束。

在現實中，男人的小女兒膽怯地瑟縮在摩托車旁，在她緊閉的雙眼裡有著一整個已經逆行顛倒的宇宙殘像。

白的純粹形式

k佇立在學校後門以革命為名的六線道旁，呼嘯而過的汽車聲浪不斷灌入迎風的耳裡，他感到無比的煩躁。

兩個不漂亮的國中女生歡快地在k身後嘰嘰喳喳吵著，k轉頭看了一眼，二女孩立刻像是有人撳下身上音量鈕，但隨即又自動調高了聲量。

二女孩受到關注，愈發三八地談笑起來，k的耳膜振動著發自女孩嘴巴深處的頻率，像是有一團看不見的膠囊把k與二女孩包裹起來，k成為女孩二人組的聽眾與囚徒。

他再度轉頭看著女孩倆，二人親密地坐在一輛小綿羊上，很愉快地聒噪著。k搞不清楚二人是先察覺了異樣而突然停嘴，還是停嘴後世界的軸心無聲地往外偏移了一度，總之，像是在好萊塢電影裡的慢動作鏡頭，支撐女孩二人組的小綿羊做了堅絕要倒地的決定後，慢慢而且不可挽回地朝路面傾倒。

側坐在後的女生像是安插在車上的小人偶般毫無防備地往後倒栽，姿勢優雅地彷彿芭蕾舞者，隨機車傾倒的角度筆直張開雙腿。k的視線沿著女孩嫩白鮮筍般的大腿，穿過短裙裙裾，最後停止在白皙鼓脹的底褲上。

k成為這段獨特時間的神與罪人。時間在一切最高點永恆地止住了，國中女生雙腿叉開成最大角度，凍結在宅男玩弄收藏人偶最惡意的倒栽視點，或是從k的視網膜到內褲底部的最短距離。k任意撥動著腦海裡建構的這組3D模型，由不同的視角反覆而不解地觀看這個神的場景。試著zoom-out到人造衛星的高度後再精確無比地zoom-in回視線的盡頭。那是一堵無瑕的純白棉布牆。沒有更多牆後的訊息，觸感柔軟但卻是一堵清楚隔離內外的牆。

又或者在無窮次數的重演中，有一次是女孩懸空浮著，短裙翻飛像是未來的飛行器，而k與整個世界則倒栽蔥地掛在角度怪異的宇宙之中。

其實，不過是零點一秒便快速結束的事。但畢竟是終於入座在搖滾區的人生少有體驗噢！k靠著一輛野狼一二五，很快忘了自己為什麼要待在路邊的滾滾車陣裡，連應該伸出手扶起女孩都忘了。

在走廊的另一頭

男孩們一路上鬼扯喇賽，叫阿龍的矮個子是這群人的甘草人物，他髮量不多，攀升的髮線已可以預估悲慘的未來，偏偏他愛開禿頭的玩笑，講沒幾句就無厘頭跳針地補上一句，「我頭都快禿了」。k跟著表哥來玩，跟大家都不熟因此有點緊張，但每聽阿龍講出這句口頭禪便忍俊不住。

他們搭火車到花蓮，一下車便住進後車站的老旅館裡，為了省錢六個男的同擠一間。房間沒有冷氣，四月初的東部氣溫已經有點高，進房後他們把每扇窗都打開，門也不關地通風。

一群人挑選床位放好行李，或坐或站地又開始在房間鬼扯起來。k年紀最小，不曉得表哥這群死黨的出遊習慣，大概也是外面太陽烘得人發慌，大家似乎不急著出門，那年代沒什麼旅遊指南可看，於是自然又圍著阿龍講些沒營養的話。阿龍也知道話題無聊，於是「我頭都快禿了」更是不離口。

沒多久後，昏昏欲睡的k突然覺得每個人講話頻率慢了下來，每一句話後頭跟著一種曖昧的安靜，像是走在一列行駛的火車上從一節車廂到另一節的接口被不自然拉長了，得花許多倍時間才能通過兩旁是廁所、機房與車門的昏暗甬道進入下一節車廂。

表哥的死黨們像一群集體中風的老人，斷斷續續地講著內容互不搭軋的話，話與話之間的怪異沉默漸漸被放大，k像個盲人般不由自主地把耳朵轉向沉默的中心。

好安靜，k想。像是身體正穿過一口深井，所有聲音都被周圍圈起來的濕冷石壁所隔離消音。k想像一口這樣的井，濕漉漉的長滿了濃密的青苔，把手掌，他繼續想，一整個壓在清涼的苔草上將會有茸茸的觸感……。但是他聽到了由箍得像鐵桶般的井壁所加強放大後傳來的沉默之聲。

在走廊盡頭那間房裡有一個女人正在叫床。

並不是什麼了不起的叫聲，k可以感到女人極力的壓抑，但老旅館的狹長走廊就像留聲機的擴音喇叭，把她亂音彈奏的呻吟高傳真地傳進每個人豎起的耳朵裡。

k感到心跳急促，跟他表哥那群死黨一樣不自覺翻起白眼口角流涎像個快中風的老人。

大家的身體慢慢不自主地移到門口，搔首撓腮像是一群被吹笛人誘捕的大老鼠，豎尖的耳朵朝著女人呻吟的方向敏感地左右轉動。

那是個旅館偷拍還未發明、日本A片亦不盛行的貧瘠年代，除了每個城市裡有一、二間色情電影院趁管區警察離座不定時插播一小段A片外，「他人的性」或「普遍化的性」是不存在的。因此，所有人都立刻發現自己置身在一個絕無僅有的珍貴歷史位置，他們正以耳朵淫穢無比地參與這對男女的交媾。

女人緩慢且毫無節奏地呻吟著，但傳入每個人耳中卻如利器刮擦玻璃般刺激。走廊兩側的房門口現在擠滿了人，這些人如同某種人類生態蠟像館裡的蠟人般動也不動，有的假裝在看報紙，有的沉思，有的搬來椅子坐著，好像每個人都有不得不然的理由得出現在門口一樣。

呻吟聲停止了，走廊盡頭的房門打開，一對年輕男女穿著整齊的高中制服走出來。所有剛剛耳朵流油靈魂出竅的男人個個圓睜著牛鈴般的大眼，準備仔細打量這對偷歡男女的模樣，然後自己配上剛剛辛苦搜集來的聲音資料。走廊成為這群羅漢腳性飢渴目光所交織的火網，那個高中男生身形高大，像逆流而上的鮭魚緊拉著他的女友穿過因分泌了過多荷爾蒙而黏稠騷燥的走廊。兩個人現在只想逃離這個罪惡之地，索多瑪與蛾摩拉，神派天使來警告他們絕不能再回頭看一眼，不可留戀，那是神要毀滅之地……

那個高中女生低著頭，眼睫毛閃閃發亮，在經過k面前時，頭略微一偏看了k一眼，似乎很訝異年幼的k為何出現在此。

年輕男女一離開後，眾人像是大夢初醒般紛紛關門走回房間，k則與表哥一群人出門下樓。出了旅館後，大家似乎都鬆了口氣，「幹，我頭都快禿了。」阿龍突然說出他的名言並不可抑制地大笑起來，大家亦忍俊不住地笑得東倒西歪。遠方的夕陽紅豔如血，六個年輕男人踩著長長的影子朝明亮的海邊出發。

夢之一

那是一種沉陷淹沒的純粹睡眠，大地啟示錄般地裂開，睡眠的魔獸從最深層的地底猛地躍出，一口銜住k便回頭竄入地面的裂口。等k模模糊糊地意識到原來自己還醒著未穿過真實與夢境的薄膜時，女友f由夢的洞口所傳來的聲音已經非常遙遠細微，像是穿過某種液態渾沌的介質鈍鈍而不清楚地響著。然後k愈沉愈深，被黑甜的夜的汁液所掩蓋。

k作了一個長夢，一個好萊塢電影裡的職業殺手從夢的深處持槍出現，在明暗切換的黑白場景中追殺k與f。那是一種沒有出路的鬼魍驚嚇，從夢的中心不斷跑出的殺手、殭屍、瘋子或變態像是一頭固執的牛頭㹴般追咬著作夢中的k。

電玩等級的噩夢。

k在夢中必須修理他的槍械，於是走進一家櫥窗掛滿各式槍枝的商店。幾個時髦的年輕店員走動在堆滿槍枝紙盒的店面裡，k大剌剌地將長槍放在玻璃櫃檯時，突然意識到這不就是日本模型槍銃店嗎？店裡擺的都是造型逼真的一比一塑膠槍枝模型。這時他發現剛剛陪伴自己出生入死反擊殺手的長槍原來只是一枝BB彈空氣槍。但在夢裡k卻毫不驚奇，很虛心地向年輕店員討教BB槍的知識，同時還升級買了幾盒色彩鮮豔的塑膠子彈。

不知為何，k空手走出了模型店，進入了另一個夢。或者不如說，更深地走進了他一生所有夢所作的夢。

那是一個台灣的夜市，有許多狹窄但商店櫛比鱗次的巷弄。k一踏進這個夜市便知道自己又回到千百次拜訪過的夢街。在這個密閉的夢的世界裡，分布著k在夢中常光顧的三家骨董店，此時k對於三家骨董店的夢中記憶紛紛浮現。在夢裡k具有清晰異常的距離方位感，簡直可以如google map般三百六十度地旋轉調度這些巷弄的位置與角度。然而這些孤立的、像是被各種夜的汁液所浸泡隔離的夢的街道仍然具有一種怪異的遲鈍與隱晦。

k孤獨地站在夢的街頭，色澤輕薄昏暗的人們在一旁進出走動，像是死者無聲的遊行。k在夢中意識到自己不想像個靈魂被抽空的活死人般反覆回到同一個夢裡，他倔強且倨傲地挺立在既陌生又熟悉的夢街。但這就是他的夢啊！是他所有夢集合起來所作的一個關於k的夢。k發現他重重疊疊地深陷於自己的夢中什麼地方也去不了，因為所有的夢都再度夢著這個荒蕪孤寂的夢街。於是k終於在自己夢的中心撕心裂肺地痛哭起來。

內褲露出必要

天光微亮，k意識到巴士裡突然像一鍋翻騰著氣泡的滾水騷動起來，他睜開眼，搖晃一整夜的腦袋昏昏沉沉。窗外冷杉林立，黑色的樹梢因熒熒閃動著積雪而充滿莊嚴。一夜間他們已往南移動五百公里來到法國與西班牙邊界的庇里牛斯山區。

車子在蜿蜒的山路上繼續深入雪國，白色的積雪漸漸填滿視野，低溫把車窗玻璃凍成透明的藍，巴士像一尾巨大的鯰魚在群山裡奮力擺尾上游。k感到一種奇怪的安心，在暖烘烘的車子裡他只穿著單薄襯衫，睜大眼睛好奇地看著一片白茫茫的景色，鬆軟白皙的積雪像是節慶的某種祕密保證，世界被刷上一層簇新的白漆，他將手拄雪杖腳穿雪橇咻咻地在這個滑溜的新世界裡飛馳。

巴士開進一個山中小鎮後停在一棟木造旅館前，一群人像是醃泡在玻璃罐頭裡太久的沙丁魚般紛紛跑下車透氣。k的長筒靴子像一塊燒紅的烙鐵踩在皚皚雪地上發出吱吱的響聲，他用力吸了口氣讓涼冷的雪氣灌進肺葉深處，隨即打了好幾個響亮的噴嚏，自己不禁偷偷笑了起來。

k穿上外套，看著同學們嘴裡呼哧噴吐著白煙一邊將行李搬進旅館的儲物間裡。「大家加把勁，滑雪場已經開門囉！」蜜雪兒老師戴著一頂滑稽的絨毛帽在門口大喊。

k從背包裡取出防水的雪褲與外套，這是出發前蜜雪兒要大家準備的裝備，滑雪時萬一融雪弄濕衣服，在高山上是很要命的事。

整輛巴士的四十幾個男女學生現在都擠在儲物間裡，地上堆滿五顏六色的行李，大家都開始脫換起衣服。害羞的k手裡拎著雪褲想找隱蔽的地方換上，但亂哄哄的旅館裡擠滿了人根本走動不了。k有點困窘，只好蹲下來假裝整理行李等大夥漸漸離開後再想辦法。一個活潑的德國美少女走近k身旁便脫下長褲露出白皙的大腿。k一抬頭恰好正對少女的白色內褲，心臟一個奔突從嘴裡跳出，時間凍結。k聽到血液在身體裡狂亂奔流的轟轟巨響，但他像是被摘去雙眼瞳仁的蹲地土偶，任由內褲少女在無生命的他面前旋轉翹腿，緊俏的豐臀美妙地左右扭動像是跳著一首生命之舞。

k成為一尊憨番。

k刷紅了臉，趕緊站起身向女孩點點頭。「真要命！」他想。

少女露出的白色內褲似乎解開了k內心某種幽暗的恐懼，那絲毫不是色情的想像，像是後來在街頭常看到的內衣廣告，無有淫猥狎戲，如同此間魚鋪裡販售的大紅蟳，雖然有一對飽滿嚇人的巨螯，但不知被魚販動了什麼手腳，點了穴道般軟趴無力，不能再鉗夾傷人。少女盈溢青春活力的內褲解放了從保守台灣前來的k，似乎讓k獲得一把開啟嶄新生命風景的鑰匙。k當時還不知道那是什麼，但他知道這與總是莫名地掀女生裙子、在樓梯上仰頭偷看女生內褲的粗暴世界岔開了。

那是什麼？

在少女從容褪下長褲到貼身內褲露出之間發生了什麼事？

k滿心卑微地想，這本來不是得冒著隨時被抓、他人的尖叫與眾人的趁機羞辱千辛萬苦地以手機、DV、傻瓜相機在捷運電梯或公車站猥褻無比才能看得到嗎？這不是只能萬般淫猥在自己家裡偷偷瀏覽的色情照片或A片情節？

莫非少女是這雪地裡混跡潛進來魅惑k的雪女？不，不，她是k的德國同學，開學時k曾聽她使用流利的法語自我介紹。k感到困惑，他所來自的世界究竟發生什麼問題？為什麼這麼多人，報紙上那些被狼狽逮住的工程師、國中老師、上班族、司機與學生充滿恥辱地被示眾，低賤地承受著周圍目光的鄙夷，竟只是滿懷狎淫地希望將視線穿透女人的外衣像隻輕巧的甲蟲落在影像模糊陰暗的內褲？現在k眼前不到三十公分的距離裡便有一只這樣的內褲，在冬日晶瑩透亮的陽光中緊緊地裹住少女充滿彈性的豐滿屁股。

這麼多人被羞辱，因為成為淫邪的色狼被工作的同事瞧不起，親人痛苦，甚至丟了工作一輩子人間失格抬不起頭，都只是為了內褲噢，甚至不是鮮嫩欲滴的裸露性器。

在這之前他是怎麼想像男女之防的？以及隨之兌換來的猥褻狎淫？k冒著冷汗，感到羞愧如湧泉從內裡深處絲絲地汲引上來。

內褲女孩早已穿上筆挺合身的滑雪褲，輕裝勁旅地跟同學跑出木屋，留下了k。

k出門時，看到她正忍著笑將整張臉埋進窗沿的厚雪裡，然後像是從深海裡潛泳而出地仰起頭大大地吸了口氣，絨絨的積雪上印出了她深陷的臉形，在晨光裡閃動著淡淡的紅色唇印。

變成 f

老鼠的體型巨大，像白色小貓躲在一格一格如郵局信箱的鐵籠深處。近看會發現牠們尖凸的嘴露出二枚規矩的門牙，像是釘在岩石上某種不可更改的命運。

每天中午大學生們便會穿上白袍，走進管制森嚴的實驗室將手探進方型飼養籠的深處撈出溫馴的大鼠。實驗室散發著冰冷的氣味，似乎連空氣都仔細地抽走了生命跡象。k 待了五分鐘後感到自己碰觸老鼠的手指泛出一道金屬光澤，嗶嗶剝剝地開始長出細如魚鱗的小鋼片，他漸漸變形為 Frankenstein，變為 f。

f(k)掐住屬於他的那隻大鼠，完全像實驗室主任說明的那樣，把一隻熱呼呼絨毛玩具動也不動的大老鼠放進史金納箱的老鼠套房裡。

老鼠有一對圓凸濕潤的腥紅眼珠，k湊近史金納箱的玻璃窺孔，讓自己距離老鼠的臉不到五公分。那是一張冷漠沒有表情的獸類的臉，不，更糟，是獸類標本的臉，有觭張的觸鬚，滿布細小顆粒的鼻頭與光潔的白色毛皮，但沒有流露任何生命跡象。

大鼠拖動牠的身軀在窄小的史金納箱中繞了一圈後，像是脫力仆倒地伸出一隻爪子放在著名的拉霸上。餓了一天後終於發現分配食物的神祕按鈕了。

喀喀喀喀喀，費勁大力壓五下，食物欄便哐噹掉下魚子醬、鵝肝、鹿脯、熊掌、雉雞、乳豬、燒鴨、炙牛……等等人間美味，喀喀喀喀喀再五下，又有一批鮮美食物掉落。我雙手捧著一隻肥美的野兔腿喜滋滋地大嚼，不要緊，吃完又有，我知道規矩。

站在豐美廣袤的牧草之海中心，牛在想什麼？

牠想像自己是一頭抹香鯨，正巡游在濃密的小蝦、小魚之洋，以方正巨大的身軀無表情地劃開厚實的細小生物群落，微張的扁嘴中長滿茂盛的鬚毛刷刷地濾食各種魚生雜碎。

或者，想像一盤又一盤鮮紅的肉片不斷倒入吃到飽餐廳的鍋裡，魚餃蝦丸牛肚豬血鴨腸冰淇淋可樂紅茶一口接一口吞進肚裡，塑料桌上杯盤狼藉酒水傾覆，是這樣歡快吃著、笑著。

k的耳裡傳來此起彼落的喀喀哐哐，是同學們的老鼠正訓練有素地努力壓動箱子裡的機關換取食物。

不久後，k的老鼠不再壓了，跑到另一邊咕咕地舔著水喉喝水。k仔細地記錄今天的成績，把老鼠送回籠子裡，看牠慢吞吞地爬進深處。

離開實驗室前，k經過另一個房間，裡面同樣一層層放著如蜂窩般的格狀鼠籠，但空間更小，幾乎就是老鼠大小的特製鐵籠裡養著動彈不得的白色大老鼠。k覺得這個房間不知為什麼有一點怪怪的，他湊近籠子一看大驚後退。這些老鼠都被動了開腦手術，每一隻都被各自切除了不同的大腦皮質，或在腦髓中注射了藥劑，然後k的那些研究生學長們替這些腦殘的老鼠們蓋上一片金屬薄片。老鼠們被k與同學們做完實驗後就像是已被汙染破身了，牠們排隊等著被開腦、被切除顱葉或裝上電極，然後像是某種高科技生物般戴著金屬頭蓋搬進單身鐵籠公寓裡。

在k身前的黑暗中，數百隻閃爍著通紅眼珠的白色巨鼠沉默地縮在金屬長廊的末端，牠們洞開的腦門上蓋著一片無菌的不鏽鋼片，在更悲慘的生命降臨之前繼續啃咬著硬如木頭的圓柱形飼料。

那是一大片漫如潮水的安靜等待。

猴子與四百擊

那時城裡的人車好少，黑色的柏油路面在午後的烈日下像一大塊腴軟的糖霜正慢慢地融化。我們汲著夾腳拖鞋，啪啪地在路上奔跑吆喝，為任何一點小事嘰嘰咯咯地笑得東倒西歪，興奮得像是闖入所有居民皆不知何故放下手邊工作急急離去的死城。

然後，我們看到了一隻獼猴。

牠被孤單地關在一個大鐵籠裡，神情悲淒，毛色髒汙黯淡，像是一頭被主人遺忘的野狗。

我們圍著鐵籠，開始七嘴八舌地各自發表看法。有人要大家注意猴子的雞雞，於是所有眼睛都望向猴子的胯下，霎時人人都閉上了嘴。

所有人都看到一根細如手指的肉紅色棒子緩緩地在毛絨絨的下腹來回吞吐，像是這隻憂鬱的猴子身上唯一的活物。我們像是看到什麼超出人類語言表達的自然奇觀，一時間都傻眼了。

那陣子因為一齣日本卡通的關係，我很想要養一隻小獼猴，讓牠住在我的夾克口袋裡每天陪我玩耍。我家後面的賊仔市賣著雞、鴨、貓、狗、鳥、兔子、烏龜、果子狸等各種動物，常常有出生不久的小獼猴。我很希望我那個四十歲起便游手好閒繁殖過純種德國狼犬、白文鳥、絕種陸龜與紅龍魚的阿公可以買一隻小猴子給我玩。因此當我看到這隻猴子時，簡直被這個奇怪的景象所癡迷了，緊緊盯著這隻幾乎與我當時一樣大小的成年公猴捨不得眨眼。

猴子以牠像外國人的清澈眼珠回看著我，在眼睛深處明晰地倒映著靠近鐵欄想對牠說話的我。突然間我眼前一閃，有一個極快的影子拂過我的臉，我大驚身子往後彈出但眼前卻一片模糊，身邊的同伴們紛紛爆出大笑。我回了神後摸摸臉發現眼鏡被猴子以很快的手法搶走了，牠現在正像一個瘋子般氣憤地來回狂咬眼鏡鏡腳，然後像是突然發現人類的眼鏡原來這麼無趣，鬆手任其掉落到鐵籠底下的地面。

有人找來一根竹竿幫我從籠子下撥出眼鏡，塑料鏡架上多了好幾道交錯凹陷的猴子齒痕，我聳聳肩重新戴上眼鏡，在有點歪斜的視野裡，猴子若無其事地蹲坐在牠的鐵籠裡，仍然好憂鬱的樣子。

紙偶

紙偶大約巴掌大小，印著歪扭不怎麼像樣的米老鼠，側頭一看幾乎沒有厚度。有一隻米奇與一隻米妮，厚實圓鐵塊做成的腳掌霹靂啪啦地踩著一塊白鐵薄板，正歡快無比地並肩跳著踢踏舞，凌亂快速的金屬脆響像小鼠奔過初秋乾燥的落葉，有著飽滿蹦竄的小小生命動感。圍觀的人們瞪大眼睛，像是觀賞什麼珍禽異獸，每個人的臉上都閃閃迸放著小孩般的光彩。

紙偶的腿是二根混紡的雜色粗絨線，隨著一旁手提錄音機的音樂不斷抬腿踢腳，偶爾雙腳鐵塊碰擊發出鏘鏘金石聲響，蹲坐一旁的主人便趁興大喊：好戲開鑼囉！米奇與米妮於是更起勁地踩踏起來。

這一對紙偶就像被施以古代幻術般顫巍巍地挺立在二莖毛絨絨的粗絨線上，主人不斷地對紙偶發號施令：站好、跪下、磕頭，起來跳舞……。我揉揉眼睛困惑地找尋紙偶身上的懸絲，在明晃晃的天光下不管我怎麼瞇眼定睛左看右看，紙偶就是很普通地站在一塊清朗乾淨空地裡，既沒有絲線木桿，四周也毫無障眼的布景機關。我覷眼偷看主人，他兩手閒散遠遠地斜倚著橋墩，臉上表情紋風不動，一切似乎與他不相干，二尊紙偶訓練有素好聽話地在旁一逕狂舞。

我懷疑我是墮入了唐人傳奇或明清筆記小說的荒誕情節裡了。但這裡是二十一世紀的巴黎，我由羅浮宮出來後一走上遊客熙來攘往的藝術橋便看見這一對跳舞紙偶。紙偶的主人是一個中年阿拉伯人，穿著顏色晦暗樣式普通的夾克與同樣很普通的直筒牛仔褲，大概已幾個月沒修剪變形的腳指甲從隨便汲著的拖鞋中不遮掩地袒露出來，不管怎麼拚命想都很難聯想成深懷法術的古代奇人。

咦，這不就是筆記小說裡仙人出場的基本設定？

他賣這些跳舞的紙偶。紙偶套在清亮的扁塑膠袋裡一把一把地從背包裡抓出來擲在大家面前，一隻一百元台幣左右，真是便宜得不可思議。當下便有不少人掏錢購買，閃亮的銅板像下雨般咻咻擲到收錢的洋鐵罐裡，阿拉伯人滿嘴稱謝並拿出更多的紙偶。也有一次買下十隻的闊氣觀光客，阿拉伯人頓時眼睛一亮，裝腔作勢地大聲乾咳一聲，紙偶便像聽話的小狗般乖乖停止跳舞，我甚至疑心瞧見它倆很細微地轉身共同看了阿拉伯人一眼，「要做那個嗎？」像是這樣體貼地詢問，然後便一起緩緩浮升到離地一尺的高度懸空飄浮，「向這位慷慨的先生道謝。」阿拉伯人喊道，米奇與米妮同時面朝觀光客在半空哈腰鞠躬。

紙偶妖幻地懸浮在空中，粗絨線的雙腳微微地左右晃動，像是釘在空無中一個隱形的點上，整個宇宙開始安靜地繞著這個扁平的點輕輕轉動起來。我覺得似乎有什麼東西已經根本地被改變了，紙偶或許只是連接這個新世界的入口，漸漸地我們所有的人都將被吸入這個扁平的小孔之中，成為陌生、歪斜與傀儡般任人購買的那種東西。但是現在，對於有人掏錢認養它那些同樣壓扁歪斜的兄弟姐妹，它倆乖巧地人立在已經被妖治化的世界中心向大家致意。

我終究沒能鼓起勇氣將這樣一隻紙紮小鬼買下帶回家裡。在接下來幾年間，我偶爾會經由藝術橋跨到塞納河的對岸，這時我總是緊張地東張西望想找尋那個阿拉伯人，然而四周只剩下頭戴胖大艾菲爾塔玩偶帽、兩臂虛張纍纍垂下葡萄蔓藤般迷你艾菲爾塔的黑人小販，他們四處走動糾纏著觀光客，或撮嘴呼嘯相互通知警察逮人了。在市廛鼎沸的人間，阿拉伯人帶著他滿滿一整袋紙板米老鼠像是蒸發一般，徹底消失了。

在找尋阿拉伯人的巴黎時光裡，我總是想像著無數個壓扁歪扭的米奇被觀光客珍惜地放進行李箱裡帶往世界各地，然後像傳說中的永動機般在曼哈頓某一銀行的櫃台、在伊斯坦堡清真寺的羊毛拜毯上，或在里約熱內盧上空酒吧的舞台毫不疲倦地喀喀踩動著白鐵腳掌。然後這個世界的人們很緩慢地被吸引、融蝕，最後跌進日復一日聽話舞動的機械世界裡。

幾年後我結束學生生涯離開巴黎，老老實實地回台灣成為一個上班族，法國的生活似乎只是一場夢，夢醒後什麼都沒能留下來。有一年秋天我出差到中國昆明，那是剛開放觀光不久、廁所甚至沒門沒隔間的年代。晚上我與同事吃完飯後走到市中心閒逛，街上行人眾多，但大家都無所事事地四處杵著，似乎在等待什麼大事發生，偏偏世道平靜得很，沒車禍沒搶劫沒殺人放火，連汽車喇叭都很稀罕。路上每隔不遠就有年輕的公安站著，冷冷地監視著這群數量龐大溫馴的獸。

就在這時我眼角瞥見路旁蹲著一個中年人，幾乎在同一瞬間我耳裡傳來熟悉的節奏，像是有人將一把細砂咻咻地倒進我的耳朵裡。

是米奇跳舞的旋律。

我很慢地走向那人，心臟砰砰地跳。有三隻手繪的紙偶正在一塊滿布摺痕的髒汙毯子上彆扭地跳著舞。「原來你們也在這裡。」我心裡想，突然覺得一陣難過，眼淚幾乎要流下來。這三隻紙偶完全不像米老鼠，我蹲下來把臉貼近它們，紙板上歪歪扭扭地畫著一個中國式的小人，眼睛鼻子嘴巴耳朵全像是事後黏上去的小孩筆法，跳著整齊卻不怎麼厲害的多人舞步。

那中年人完全不理會我，靠著一個行李袋叭答叭答地猛吸手上的土菸，表情木然地打著哈欠，似乎對我與對他腳邊跳舞的小人都興致索然。三個小人（長得不太一樣）排成等距的一列在我眼前抖動著身軀，不斷快速地前後搖擺。一瞬間，我明白紙偶跳舞的祕密了，迫不急待地轉頭對同事說：

「你看！那個行李袋裡一定藏著磁鐵與馬達。」

我當然只是猜想順便向同事炫耀自己見多識廣，但我隨即知道我很恐怖地猜對了。我一回頭便看見那個中年人原本像爬蟲類凝固冬眠的蠟樣表情突然開始四處崩落與鼓起筋絡皺褶，從那張變得猙獰的臉上連珠砲地吐出我完全聽不懂的粗暴咒罵，他往地上唾一口痰便作勢站起來。周遭所有靜止的人們突然都轉頭過來盯著我們並慢慢聚攏過來，我完全不知該怎麼安撫這個滿嘴我聽不懂穢語的老鄉，只好很狼狽慌亂地丟下一張人民幣並隨手擄走一隻仍跳舞不歇的小人，拉著滿頭霧水的同事急匆匆地落荒而逃。

我終究還是不知道紙偶跳舞的祕密，在我的手觸到紙偶的那瞬間，毫無鐵器帶離磁場的牽引感。我唯一知道的，是紙偶一被我粗魯地捏在手心，幻術（即使再怎麼笨拙）便不再存在了，一切不過是畫在一張粗劣馬糞紙上的小孩塗鴉。而在這個世界的某處，我知道，一定還有著無數的紙偶仍不斷喀喀踩踏著它們族類的節奏。

冰淇淋蛋捲製造機

日本人離開時留下了一條寬大深陷的河溝，河裡水色黯澹，河床的汙泥錯落著長年浸泡於髒汙的卵石，像罹患某種疥癬般長著老婦灰白的髮絲，在油汙的五彩幻影中輕柔的飄動。颱風過後，焦糖色的大水整個晚上在河溝中發出憤怒的低吼，k趴在水泥橋的矮欄上往下探頭想看看河底那些老婦人，現在她們一定在激流裡亂髮紛飛，k心裡不禁難過起來。

不知什麼時代起河溝兩岸便蓋滿了木造的違建，居民們把細長的柱子插入河中的爛泥裡，一根根撐起拼裝木屋的屁股，開始在馬路的一邊經營著各種行業。不知為什麼k的記憶裡只有麵店、腳踏車修理店、漫畫出租店、賣玩具與零嘴的柑仔店。應該還有城市裡會有的其他行業呀，k困惑地想。但現在這些店在k的大腦皮質裡只剩下黑洞洞的缺口，像拔牙後留下的空虛，再也記不得曾經有什麼人以什麼生活填塞了時間裡這些如蜂窩般的孔洞。

總之，k充滿感情的告訴我，河溝橫亙在校門口，因此那是一整條「七〇年代蹺課小學生的夢遊街」噢！

k把手插在短褲口袋裡，捏捏早上出門時家裡給的那枚硬幣，指尖傳來一陣舌苔觸碰銅鎳合金時的小小顫慄。他走進麵店，向門口穿著寬大白色內衣的外省杯杯點了一碗麵。中午吃飯是打仗時間，兵馬倥傯兼長桌上屍橫遍野。幾個忙進忙出的送麵阿姨都不知怎麼找到他的，幾分鐘內便端來一碗熱氣糊掉眼鏡的陽春麵。

k其實不太喜歡這種外省湯麵，有一種油清味寡的麵粉澀味，他愛吃的是豬骨熬湯份量小巧的切仔麵，可是切仔麵攤離學校太遠，中午跑去了可回不來。麵桶阿國坐在k旁邊，他每天必來麵店報到，叫大碗陽春麵，埋進比他頭還大的碗公裡唏哩呼嚕地邊吸著鼻涕邊吞麵條，吃完後一副不勝幸福的老饕樣斜倚著椅背看k溫吞地吃麵。

阿國常不寫作業挨老師揍，在學校裡畏縮的很，大概只有走進這家麵店才活醒過來，像君王臨幸他的領地，每隔幾秒便滿意地大聲抽著鼻涕。

k好不容易解決了大半碗湯麵，暗暗告訴自己今天到此為止不能再吃了。他跳下高腳凳子，把口袋裡的銅板遞到門口杯杯寬大的手掌裡，偷偷回頭瞄一眼阿國後便像一陣風般衝出熱烘烘的麵店。

k有重要的任務必須執行。

他沿著河溝逐漸遠離學校，經過一整排不知做什麼生意的木造違建小屋，那些低矮的屋子總是門戶敞開，凌亂而昏暗的屋裡有一二老人安靜坐著或走動，無有電視，像凍結在永恆時間中二尊神祇般顫巍巍地生活在河溝上緣的透明空間裡，沒有柵欄但亦走不出來。

經過一座水泥橋後，濃郁的香草氣味像一條柔軟的粉紅絲帶遠遠地從空中捲來，k的整個身體被包裹在乾燥鮮甜的氣流中飄離地面，腳不沾地地騰空飛往香氣的源頭，所經之處紛紛冒出一朵朵雪白的鮮奶油擠花，在熾熱的黑色柏油路面上慢慢融化。

香味來自路邊一家冰淇淋蛋捲工廠，煎烤脆餅的鑄鐵盤像盛開的百合般吐出濃濃香氣，氣味沿著河溝前進，一千五百公尺後來到k的小學前右轉九十度過橋，穿過低矮的校門，閃過胖校工Toro翹在桌上臭氣沖天的雙腳，再爬上樓梯跨過門檻進入k的教室，醉倒包括k在內的全體小朋友。

k聽高年級的學生說過這家蛋捲工廠後便暗自決定要前往踏查，親自對這家祕密工廠進行深入研究。

製造冰淇淋蛋捲煎餅的夢工廠？我的腦子裡立刻浮現許多像大象那麼巨大的機器鍋爐，在明亮的燈光下冒著蒸汽繁忙地攪拌、輾壓、烘烤與裝袋，有幾個全身罩上白色實驗衣戴著口罩頭巾膠鞋的工作人員表情嚴肅，安靜地穿梭在機器間東調整西弄弄，一盒盒玻璃紙包裝烤成焦糖色澤頂端還灑滿各種彩色糖粒的煎餅捲筒便由輪送帶源源吐出……

停，k說，不是這樣的。

在k眼前蹲坐著幾個穿著汗衫手臂套著棉布套筒的中年人，他們雙手戴著厚手套，在黑黝黝的鑄鐵烤盤上手工做著蛋捲。k居高臨下地看著工人們克難地在地上烘烤煎餅，不自禁地像膜拜偶像般屈身蹲下來滿臉羨豔地看著可以操作那台煎餅機的工人。

對了，有點像是現在仍有的台南擔仔麵攤，所有人進入那個空間後都被降低了身高的座標，小桌小椅配上低矮的黑白切攤位。

瓦斯爐嘶嘶加熱著厚重的扇型鐵板，製餅工人澆上麵糊後以圓錐形的鐵桿熟練捲起半熟的煎餅，於是一支準備用來盛裝各種讓人流口水的冰淇淋捲筒便像火山融岩般在k眼前咯咯咯地迅速冷卻定形。k張口結舌地看著工人像魔術師一支又一支地捲出蛋捲餅殼，恍然大悟「世界原來是這樣形成的」。

永康街

那個號碼再不會顯示在我手機螢幕了，曾有好多次我靜靜望著厚實玻璃後熒熒發光的那個名字，手機嗡嗡顫動著，他從辦公室或家裡撥電話給我，我沒接。手機上將會留下一個未接來電，有時二、三個，因為我常常沒接。但現在他不會再打來了，永遠不會，因為他已經死了。

一直到了半年後，k再不曾接到他的電話，才意識到他真的死了。

我們只見過一次面，他是我見過最聰明而且服氣的人。我坐上他尺寸適中的賓士車，車上乾淨簡約，一點氣味都沒有，彷彿進入一個嚴格控管的防塵室。我們到永康街吃飯，聊著二人的奇怪經歷，理工與人文，商場與學院，如同是鏡像顛倒的人生。

那是一個愉快的下午，暖風徐徐吹來，永康街的巷弄灑滿了陽光與落葉。

半年後我從報紙上讀到他的死訊。

公司的晚宴後他回到一個人的家裡，打開冰箱想再喝點什麼，或許是一瓶冰涼的啤酒，或許只是一杯冰水，但他再也沒機會吃喝任何食物了，晚宴的酒菜從他胃裡翻湧上來堵住喉嚨，一切只是一瞬間的事，像是一道霹靂從幽冥中竄出，他眼前一黑，毫無掙扎地仆倒地上，很安靜地過世了。冰箱敞開的門像是通往另一世界的入口，從裡面透出的微弱黃光整夜映照著猝死的他，像是臨時布置的舞台一角，孤單、明晃卻寒涼無比。

再到永康街時一切都不再一樣了，燈火依舊通明人潮影影綽綽，

然而快速輪替的餐館與商圈眨眼便成鬼市，那個人的死永遠地帶走我
對永康街的回憶。

一步

k夢到他再次成為一個小孩，細幼的腿桿曬成淡淡的巧克力色，汲著兒童夾腳拖鞋整日整日地在小城裡闖盪。夢裡似乎有無盡的時光，k看到自己在烈日下走在穿過小城的省道上，空盪盪的柏油路，天光暴烈，在永恆的明亮中世界縮陷成黑白二色。小孩k獨自穿過被強光壓扁成平面的空間，在像是幾何線條的無盡道路上努力地埋首前行。鋪灑瀝青石塊的路面像是一張粗礪的砂紙熱辣辣地舔著小孩的腳底，地面發出粼粼的青光，被熱氣融化的黝黑瀝青沾黏著拖鞋，每踩出一步都從黏稠的路面上拉扯出口水般晶亮的涎絲。

天地寂靜，一絲風也沒有。

k暗自心驚：難道我已經死了？

夢中的路像是上飽發條的皮帶不斷往後捲動，小孩不知疲倦地邁步往前，在路上踏出一圈圈緩緩往宇宙盡頭輻射的波紋。

夢之二：f的末日之夢

f又置身在那個末日的夢境裡。她獨自站在學生、上班族與退休老人行走往來的城市一角，耳中不絕傳來陣陣低沉的悶響，像是拖長著尾音悲傷已極的嗚咽，然後大地顫抖得像是一枚風中的枯葉，建築物如骨牌般傾頹碎成粉末，揚起的粉塵成為遮蔽日夜的巨大沙暴。f手足無措地看著身旁的人驚惶尖叫，一個跌倒的高中女生被相互推擠的恐慌人群踩在腳下，像個破布袋般不再掙扎動彈，f在夢裡不禁流下眼淚。

很快的，大地像一張被揉皺撕碎的紙般四處裂開，空氣被吸入裂口後渦捲出一股強大氣流，f身旁的人紛紛墜入不見底的裂縫中。人類的滅種屠殺像是災難電影般在f眼前上演。「我的親人應該也都不在了。」f傷心欲絕地想。

整個世界仍然震動著憤怒的吼聲，f望也不望眼前黝黝的洞口，縱身跳入。

蟬

k醒來時窗外蟬聲大作，已經晚秋了，不知何以熾烈一如盛夏。

昨晚k在家裡寫稿，角落裡傳來厚重的喀啦悶響，k驚惶地以為他的世界終於從某一內裡開始崩壞，生命或許一如骨牌般將嘩嘩地快速傾倒。是了，終於還是承受不了多年來積存與吞食的各種傷害與侮辱，k從靈魂的根部裂開了一長條細縫。

k停下工作坐在桌前，靜靜等待末世開始。

幾分鐘後，另一個角落又砰然巨響，原來是一隻通體晶黑的蟬，很笨拙地四處飛舞。

蟬的體型巨大莽撞，像設計失敗的飛行器般彈出撞向一堵牆，然後像是深自懊悔般寂然無聲。許久後再以牠的怪力噴起飛撞屋裡另一角落。

每隻蟬破土蛻殼後只能再活幾日，「牠就快死了。」k悲傷地想，起身以一塊餐巾裹住牠，小心地到陽台上抖出。黑暗中，隱約看到牠在半空中無聲地展翅飛起，在公寓中庭畫出一道晶亮優雅的弧線。

k坐回桌子繼續寫稿，他差點崩裂的世界似乎重新合攏了。半小時後，他的頭上又傳來粗魯的撞擊聲。

是今晚的第二個訪客。

回到一首詩的空白裡
在那裡留下深沉的什麼
雲，或者溪流
幾片落下的懺悔
羅任玲
羅任玲《初生的白》
聯經出版事業公司

死亡之後

這個人死了，不再只是報紙鉛字排出的猝死報導，不是老友間傳來的一則治喪簡訊，亦不是朋友間年深日久的失聯。他死了，是他，這個人自己，再不會傳遞任何訊息給你。手機、e-mail、郵筒的另一端已連接不到他。

k感到泫然欲涕。原來是這樣的啊！死亡像塵埃般在光柱中飛舞，從夢中醒來，k沐浴於半年後才兜頭淋下的這道強光之中，傷心地流下眼淚。

k沒有前去參加喪禮，在花蓮與台北分別舉行的告別式日期接連由簡訊傳來，k緊握著手機像是要穿過長長的隧道到另一頭去。簡訊不是他傳來的，他的死亡亦已不是他。k艱難地摩挲著他的死訊，每個字都像針扎在指腹。他害怕去見一群不熟識的未亡人。

二十年了，那時他擔任k的級任導師，上課時滿滿地坐上數百個安靜聽講的大學生，聽他在海德格、康德、榮格與柏拉圖間往來無礙地編織心理學的夢。但k不喜歡這樣的課，唯一的必修課亦不去上課，遠遠地躲進文學院的後現代狂潮之中。

那曾經是一場暴風的中心，但十年後k從法國回來，校園裡風平浪靜，像是作了一場易忘的夢，所有的人醒來後都忘了夢的內容。k偶爾有他的消息，往來了幾次書信。k很訝異地發現他記得他。k發表文章，出版了書，都得到他很善意的回應，k很感動。

他幾番寫信來邀演講，k很躊躇，拖延著。幾年過去了，然後是他的死訊。

人死了，一切都不再可能。k抑鬱地待著，獨自守著他曾捎來的善意，像守護著一窩初生的雛鳥，學院裡幾不可見、無人知曉的僅有好客。

恐懼吞噬心靈

「蚌殼如果一直緊閉著就產生不了珍珠，安全感正壞毀著生命的可能。」k說。

「那是因為我知道生命的痛可以痛到何種地步吶！」女孩蹙著眉輕輕抗議著。

k覺得很掃興，但他還是堅持著生命必須涉險，不過這幾年來他卻也看到恐懼誘發的種種駭人想像在許多人心底噗噗地長成各種怪物，讓人蛻變成徹底卑微低賤的蟲豸或破壞人世的魔王。

恐懼吞噬心靈，真令人無限惋惜啊。

天台

那時世界還很小，任何地點走路都可以到，於是我們幾個小鬼輕易便可組成一支遠征軍，在正午的烈日下往南走到爸爸的羊寮，那裡臭烘烘地養了幾十頭山羊，每天早上都會送來玻璃瓶裝的羶腥羊奶，家裡除了阿公誰也不愛喝。又或我們偶爾呼嘯往北，中山堂那裡聚集著許多我們鬥不贏的野孩子，他們球打得剽悍，痛宰了我們好幾回很令我們膽寒。又或者乾脆走到體育場，那裡有讓我們崇仰的大田徑場，許多體格健碩的大人們嚴肅無比地在跑道上練跑，我們只敢站在場邊傻笑，充內行地對選手們指指點點。

昌仔是我的老大，平常我父母都不准我亂跑，但昌仔跟著他讀小六的哥哥四處闖盪，對嘉義市簡直瞭若指掌。他領著我們沿著田徑場的外圍走到巨大的司令台，「這裡視野最讚。」他說。果然，站在台上可以看得很遠，我看到我班上幾個女生綁著頭髮穿運動服在很遠的角落做熱身操。可是我們一下子便看膩了，田徑選手個個像呆瓜似的跑來跑去，一點都不刺激。我無聊地四處張望，發現司令台後方有一道白鐵梯可以通向屋頂。於是五個小鬼立即興奮起來，爬上屋頂豈不看得更遠？「一定可以看到阿里山。」有人斷言。於是昌仔率先登梯，我第二，其餘緊接於後。

我們像猴子般手腳並用地飛快攀上鐵梯，就在我快爬到屋頂時昌仔突然停了下來，所有人像一串被綁住的蝦子般進退不得地掛在梯上。

幹，昌仔你在幹嘛！

在我頭上的昌仔像個木頭人般不動亦不回答。我底下被堵住的同伴們幹聲連連，嘴賤的我們把昌仔的祖宗三代罵翻了。昌仔還是沒動，我抬頭看他，發現他也正望著我，眼裡流露著困惑、驚恐與懇求。

霎時間我亦被昌仔的古怪神情嚇壞了，每次幹架時他總是最先衝出掀翻對方，我從沒看過他害怕的樣子。我伸手推推他的腳踝，他終於又爬了幾階站上屋頂。

昌仔手足無措地站在鐵梯旁，底下的抱怨已經變成亂轟轟的鬼叫起鬨，現在輪到我的頭露出天台了，我發現昌仔的腳微微地抖著，然後隨著視線升高，我看見了二個大人。

二個裸體的大人，他們像是排隊正要上車般朝同一方向貼肉站著，是二個身材已有點發福變形的中年男人，他們也正以一種怪異的表情注視著昌仔與我。

排在後面的那個男人留著小鬍子，他已撈起一件西裝褲打算穿上，但不知為何時間似乎暫停了，二個裸體的中年男人、昌仔、我全都像是停格般靜止不動。彷彿決鬥的四人組般，互相都在等待對方任何一人先動手。我耳朵裡刷地抽空了所有聲音，小小的心臟像在一間空蕩蕩的房間裡撲通撲通地鼓動。

不知過了多久，田徑場上很細小的槍聲從遙遠的地方傳來，世界突然動了起來，我發現雙腿抖得像狂風中的柳條。「幹，上面有二個瘋子，快跑！」我底下的那個傢伙大喊。

於是所有人一溜煙地奔出體育場，迎著夕陽，一直跑一直跑。

老鼠

大夥今晚早早便把店門口的鐵捲門拉了下來，細微的騷動瀰漫在空氣中，廚房裡嘩嘩地傳來吆喝呼喊。我趕緊循著人聲快步奔進廚房，一群人站得直挺挺的，正以紙箱的紙板扇形地圈住菜櫥與飯桌的角落，像是手拿盾牌圍堵槍擊要犯的武裝警察。那時都還年輕的文叔、一叔與大表哥的臉上亮澄澄的，我感到他們匆匆走動時搧來熱呼呼的風。大表哥持著木棍上身赤裸地站在圈裡，時而要文叔再去找一張紙板來封住缺口，時而發令大家縮小包圍。大家的反應迅速極了，像胳臂牽動手掌，手掌牽動五指，密不通風地把廚房的角落箍得像鐵桶一樣。

他們難得困住了一隻刁鑽的老鼠，每個人突然都像古代皇室圍捕野豬、狐狸與麋鹿的獵人般，以原始祭典的神學高度在下班後的深夜裡準備獵殺一隻老鼠。

上班時總是精神委靡的大表哥現在舉著木棍大呼小叫入戲極了。老鼠在逐漸聚攏的人聲與四下亂捅的木棍中吱吱發出驚恐的哀鳴。濕漉漉的廚房裡總是出沒著蟑螂蒼蠅螞蟻老鼠等噁心生物，混雜生魚生肉菜渣餿水的腥臊氣味，我突然感到害怕極了。

大表哥曾叫我掀開埋在地裡的水銾鐵箱蓋子，我掀開一看，幾塊紅通通無毛的赤肉在鐵箱一角本能地蠕動，是一窩剛生下來幾個小時的小老鼠，無助地互相依偎磨蹭，小鼠的眼睛還沒睜開，像極了子宮裡的胎兒。

廚房已經成為一個生物本能肉搏的血腥祭壇。老鼠與人都不斷地尖叫，我不知道這隻老鼠是否曾在極年幼時與我和大表哥見過面，那時牠還沒長出烏黑的皮毛與尖銳的爪子，我們曾以一種生命的新奇與喜悅注視著牠。但現在一切都不一樣了，人與鼠都歇斯底里地陷入瘋狂，已經長大的老鼠逆豎全身皮毛露出森白牙齒，表哥滿眼血絲發出非人的恫嚇聲響。

我覺得自己的汗水、淚水與尿液都不受身體控制地要隨地心引力嘩嘩地奔洩而下。我無法再支撐自己，我將在廚房髒汙的地上融化成一灘體液。在徹底融化前我逃離了廚房，在身後留下一道像蝸牛滑過的晶亮黏液。

氣味

晚間南下的高鐵罕見地客滿，二百多人安靜地在密閉車廂裡不斷將同一團空氣吸入肺葉深處再徐徐吐出，帶著空調金屬味的空氣刮擦著海葵般的肺泡纖維，瑩白的車廂光線因填滿眾人腔體的廢氣而逐漸像一塊果凍般飽滿晃顫，k像一隻跌入濃黃樹脂糖漿中慢慢窒息的史前甲蟲，大口大口吸喘著含氧稀薄的濃厚空氣，昏昏沉沉的腦子裡塞滿上百隻蟲子不斷刷洗觸鬚翅翼的細碎聲響。亮晃晃的車廂在黑暗中像疾射的光箭馳掠於散落起伏的山巒間，一瞬間k覺得自己坐上一列通往集中營的夜行火車，在塞滿人體、行李與各式排泄穢物的高速金屬空間裡憂心著未來。

女孩從台中站上來，拖著一口登機箱挨挨蹭蹭走到k旁邊的位子坐下，「一個標準台妹造型的少女。」k心裡想，不過其實他也搞不懂標準台妹長什麼樣子，只是模模糊糊感到全台到處都晃走著這種年輕女孩，少女們體內旺盛分泌著荷爾蒙，隱密卻騷躁地催動著她們像動物般覓求集體而俗豔的流行。世界窄小，她們在塌陷敗毀的角落裡成為被神註記的族裔，努力攢聚著還很年輕很寒傖有限的資源想要與眾不同。台妹的青澀性感有一種年輕的奢侈與蹇澀，無甚臉孔地隨當季流行快速的世代交替。每在人群裡閃過這樣的台妹總讓k心疼與憐惜。女孩坐下時搧來一陣濃郁氣流，揉雜著廉價香皂、洗髮精、唇膏、粉底、指甲油與少女體香，兇猛無比地朝k襲來，把他像一隻被濃煙蒸燻的老鼠般從半死的缺氧狀態中搧出洞來。

少女細聲細氣講著手機，一隻手在頸後撥動汗濕的鬈髮，從她濃密髮根裡鬆開溢出一股積聚的潮潤香氣，潑到k身上像在原已斑斕迷幻的氣味裡再灑上一撮讓鼻腔黏膜快速亢奮的大麻粉末。這台妹是傳說裡萬中選一的香妃嗎？k覺得自己大腦皮質負責嗅覺的部位正瘋狂地腫脹充血，腦殼深處埋藏的引信將被一波波渦捲而來的高爆香氣觸動引爆，炸得腦漿迸裂。

在一部火星人大肆攻占地球的片子裡，長著綠色大腦雙眼圓凸的火星人嘰哩咕哩地四處橫行作亂，以高科技死光槍所向披靡地挾制各國統治者，眼看地球遍地狼煙要就此淪陷了，有個小孩偶然發現一首很俗爛芭樂的流行歌曲*Indian Love Call*原來可以讓大腦超級感性的火星人聽了後立即受不了爆頭而亡，於是片子最後全球各地都像台灣選舉般沿街開著大聲播放芭樂歌曲的發財車，果然每個火星人都抱著頭東倒西歪地在玻璃頭盔裡腦子爆漿而亡，地球因此獲得拯救。

宇宙艦隊裡一整團火星人因一首ㄙㄨˇㄙ到爆的地球老歌哇哇地紛

紛隕命，充滿亙古詩意的星際殖民戛然而止，這是哪門子的科幻情節？然而現實生活裡k似乎就是這樣的火星人，為著自己敏感的神經莫名地受苦，隨時都感到脆弱腦子鼓突鼓突地像一袋溫熱的豆腐渣痙攣著。地球人k幻想自己像火星人一樣，一邊孩子氣地揮舞神氣的死光槍四處搗蛋使壞，一邊卻因大腦皮質裡某一塊高度發展的感受力被識破而輕易地不支倒地。

少女殺手對自己誘人的香氣似乎毫無所覺，講完手機後像是把自己與手機的電源一起關掉般墜入沉沉的睡夢中，一直到高雄像個睡美人般，捲翹的睫毛一動未動。但她的體香源源不絕地從全身各處噴湧而出，k像是被一塊吸滿女體各部位香騷氣味的綢緞密不通風地緊緊裹住痛擊。

這個香氣妖幻的沉睡少女施展法術把k變成一隻嗅覺犀利敏銳的老鼠，在剩餘的旅程裡k拖拉著長尾吐著舌頭興奮異常地在這個香噴噴的台妹身上亂鑽亂爬，在髮根、耳後、腋窩、乳房、胯下、大腿內側像個美食家般嘖嘖地不停嗅聞舔舐。少女的氣味並不妖冶邪淫，她大概只買得起藥妝店或大賣場很普通的產品，長相亦平庸，但發熱的年輕身體卻像火苗般蒸騰烘出魔幻香氣，讓鼠男k隨之轉圈起舞，嘴裡發出吱吱的叫聲，屁股亂顛得像是中了邪。

車到高雄後女孩醒來，一臉睡意地拉著她的行李走上月台，k失魂落魄地跟著香氣開始消散的少女。但幻術已經結束，寶變為石馬車將再委頓為南瓜，每多走一步香氣便淡滅一度，少女好像午夜降臨的灰姑娘變回再普通不過的女孩沒入市井塵囂之中。k跟了一小段路後終於讓自己定住腳步，惘惘看著女孩逐漸在視線中混入人群。

每個人都為自己的怪異受苦，身懷異香的少女未來會因此遭遇著獨特的命運，這是生命的代價。她那烘烤著香氣的溫熱身體將在情欲獵場裡如一頭被獅群鎖定、身上斑紋豔麗的羚羊。她為自己身上被註記的符號而總是被注意，從灰樸樸的單調環境中毫無保護地突顯出來。而她的符號將快速地被週遭的人轉換、翻譯成生殖競技場中的特別價值，被許多人爭奪、追捧、嫉妒甚至被壞毀。許多年後如果她倖存下來，這股濃郁的體香是否也已經酸餿惡濁，她自己擦拭剜除不掉而別人避之唯恐不及，亦或如一罈窖藏老酒終於揭蓋，醉人的香氣更為撲鼻醇厚？站在車站的人潮中，k心裡紛亂地為女孩感到難過。

這股香氣是生命的傷口。

小女孩

女孩穿著碎花小洋裝，在酷暑的午後露出白嫩腴軟的小臂膀，漂亮的小腳汲著彩色卡通人物拖鞋，一對慧黠明亮的雙眼繞著阿嬤滴溜溜地轉。女孩的雙胞胎姐姐跟年輕的父母住在鎮上，倆姐妹每週末相聚，可真是同一個模子印出來的產品，只是要分辨兩人並不太難，因為在漂亮的妹妹面前，姐姐像是從瞳仁中被摘掉靈魂的蕊，眼耳鼻嘴因難以察覺的小偏移成了必須淘汰的壞品。

妹妹幾乎不說任何話。她還未上幼稚園，整天跟著阿嬤在我住的鄉下小村裡到處走動。

我住的三合院後面緊鄰著阿嬤的房子，偶爾我打開廚房後門跟阿嬤閒聊，小女孩便露出渴望的眼神直勾勾地望著屋子，屋裡有我的藏書、世界各地帶回來的紀念品與一隻毛絨絨像玩具熊的貴賓狗，她想進來我家。小女孩的神情讓人心軟，有幾次實在無法把她關在門外，便請她進來屋裡，招待從食物櫃裡找來的各種巧克力與小餅干。

女孩總是很安靜地坐在客廳的沙發上，她的年紀大概只有五、六歲，小到不知道什麼是合宜的社交時間。我不懂得怎麼跟這麼小的女孩獨處，總是在發完零食、秀完旅行紀念品後尷尬地二人對坐，彷彿是初次約會的女朋友。時間漫長得不知如何打發。

我耐心地等待小女孩起身，想像她突然開口跟我禮貌地告辭。但女孩像一頭心神不寧的小獸窩在我的沙發裡，完全沒有離開的意思，她年邁的阿嬤不知跑去哪裡。整個下午我與一個穿著清涼的五歲小女孩默默地坐在沒有旁人的房間裡，慢慢地被夏天濕濡的汗水所淹沒。

一年後我搬離了村子，三合院由h突發奇想地租來經營書店。那個村子被廣袤的鳳梨田圍繞，偶有野兔或蟒蛇出沒，附近散居著三間私立大學的學生。h的書店因為書種的關係很慘澹的經營著，店裡常常整天一個顧客也沒有。

「現代人已經不看書了，」h悲傷地說，「小女孩倒是常常來玩。」

h的書店很簡陋，所有的書分門別類裝在地上的紙箱裡。大部分的時間h自己津津有味地讀著從紙箱拿出來的書，一邊喝著冰涼的啤酒，過著很鬆散自由的生活。沒有菸時便騎摩托車到十公里外的便利商店，那裡有幾個崇拜h的女工讀生，h買完菸常順便坐下來吹冷氣聊天，書店幾個小時不見他的人影。

那陣子學校放暑假，書店已十幾天沒有客人。「我反正無所謂，因為正熱切讀著托爾斯泰的《復活》吶！」「整個人沉迷於沙皇時代年輕貴族的自責之中。」h補充說。

小女孩像一隻貓悄悄地溜進書店裡，h把糖果擺在桌上招呼她一聲，又翻開厚厚的《復活》逕自讀起來。

「當我從書裡抬起頭時，」h說，「桌上的糖果已經不見了。」小女孩坐在他腳邊，輕輕地抱住h的腿。

小女孩有一張漂亮台妹的臉，單眼皮塌鼻子瓜子臉，常是年輕憨直的清秀女孩。那是一個所有人都跌入黑甜午睡的下午，烈日炙烤下的鄉間路上一個人也沒有，正在讀舊俄小說的h就讓小女孩這麼抱著。他從來沒聽過她開口說話，但二人卻像是要這樣一起直到世界末日。

小女孩很依戀地輕輕抱著h的腿，眼神像是有著無限的寂寞與孤獨。在那個安靜的夏日午後，h的心裡像是被抽乾似的感到極度的哀傷。幾天後他收拾好簡單的行李，所有的書都捐給大學圖書館，一個人離開了那個有著寂寞眼神小女孩的村子。

絲襪妹

一群年輕女孩歡快地走在前方，嘰嘰咯咯地推擠談笑。「是附近大學的學生吶！」——說著向我擠擠眼。

我抬起頭望向女孩們，清一色黑絲襪短褲，最高佻的一個露出整隻修長大腿，絲襪顏色較淡的末端在大腿根部的短褲開口若隱若現。調皮的——噘嘴吹了聲口哨。

彷彿才一夕之間，冬日的街頭便大量湧現黑絲襪短褲配麂皮短靴的少女，她們鑽入捷運、走進超商或握著手機站在車流裡，如同海洋裡成千上萬盲目群游的細長梭魚。

因為流行，因此很容易成為女孩們奢華寒傖或清麗庸俗的殘酷美學量尺。

長腿女孩回頭望向我們笑了起來。她的相貌很平庸，一雙眼睛擠靠在中央顯得她的臉龐大無比，我不好意思地低下頭，剛好看到女孩薄紗般的絲襪勾破了一個小洞，從小腿往上下咧開一長條顏色較淺的縫，女孩青春肉體裡某種鮮嫩的質地彷彿正嘶嘶地從絲襪的狹長破口裡無法抑制地流洩出去，但女孩仍無所覺地與她的朋友們七嘴八舌地聊著天，朝著不遠處的夜市走去。我看著被女孩年輕大腿繃張的絲襪裂口，突然為她感到難過起來。

在絲襪妹滿街竄走的這種日子裡總是讓人悲傷。

裸體的男人

那天午後的陽光像一篷水般潑得地面濕淋淋的，從冷氣房裡望出去，所有事物都精刮發亮，世界像一團一團無聲的火苗熒熒冷冷地燒灼著。

我關掉冷氣走出研究室，迎面立刻襲來一陣燒燎皮膚毛髮的地獄焚風，汗毛都嘶嘶地蜷縮起來。我沿著斜坡慢慢走到文學院下方的海灘，路上連個人影都沒有，這時候我的同事們都躲在室內猛吹冷氣，與他們的世界相差十度左右讓我感到高興。陽光把海邊的巨石烤炙得亮澄澄的，每一粒岩石都性格分明地成為黑白縱橫的幾何塊面，在晶亮黝黑的沙灘上東倒西歪。

我爬上碎石堆，熱辣的石塊被我踏出一縷輕煙，像熱呼呼的舌頭噗哧噗哧地舔著我的腳踝。浪花與石塊把世界切割成很乾淨的兩片荒原，我打算沿著這道分割線走到群聚著咖啡廳與土雞城的後山聚落。

遠方沙灘上有一群人在烈日下拍婚紗照，胖胖的新娘一身雪白禮服，雙手提著蓬鬆裙裾很敏捷地在漂著垃圾的水邊來回奔跑，新郎有點不知所措地彳亍立在攝影師旁。每天都有數十組新人被帶來這裡取景。沙灘屬於大學產權，校方築起了五公尺高的長堤隔開沙灘，並使所有建築都背對海景，團團圍住一個方形水泥花圃與行政大樓。彷彿海灘是一個再傷心不過的象徵，一齣不小心瞥見便會被螫瞎雙眼的古典悲劇場景。

新人們一對對盛裝穿過發出陣陣酸腐臭味的垃圾場，像水獺般依序鑽過剪破的鐵絲網洞口後，驚喜地發現圍牆後是一片沙灘。

這是城裡年輕人想像力的極限。

新郎現在笨拙地牽著新娘的手奔跑著，在沙灘上踩出許多腳印。我突然為他們感到難過，轉身慢慢朝後山手腳並用地走去。幾分鐘後我眼前便只有壘壘起伏的岩塊，翻過幾粒巨石之後，很突兀地被隔離在毫無人跡的荒古空曠之中，耳中鼓鼓充塞著海浪驚人的聲響。

現在我可以很專心地看著腳邊的石塊，一步一跳地在石堆中歪歪扭扭地前進。這樣獨自再走了大約二百公尺後，我抬頭看見了那個男人。

他在大約一分鐘可以走到的距離裡很舒服地趴在一粒黑亮光滑的巨大卵石上，全身精光赤裸，像是想要以最大的面積貼在心愛之物上。我在烈日下像一尊雕像般定住，內心輾轉反覆，不知該繞經這個男人繼續前進或原路折返。這段期間男人像是陷入最深沉的夢中一動不動。他的肌肉精實緊繃，圓俏的屁股像一對駝峰挺立著，由皮膚的狀況估計大約是三十歲左右的年輕人。

男人似乎看到我了，略微移動了他的右手像是要告訴我走過來沒關係。我慢慢走近那塊卵石，嘴裡輕輕哼著披頭四的 *While my guitar gently weeps*。

「你有菸嗎？」男人問。

我掏出一根菸遞給男人並幫他點火，然後也給自己一根。男人側著頭很美味地吸著菸，我找了一粒較小的石頭在旁邊坐下來，海浪轟轟地在耳邊呼嘯。「那邊還好嗎？」男人問。

「不怎麼樣。」我說。

在海風吹拂下我們各自嘬吸著菸，沒有人再開口說話。頭上的雲像一大團一大團撕碎的棉花，襯著藍鬱純淨的天空很慢很慢地往遠方飄去。我捏熄手裡的菸，舌根上有一股海水的鹹味。「後面有路嗎？」我問。

「我不建議你現在過去。」裸體男人側過頭像是不想讓我看見他的表情，「必須翻過這顆大石頭走進去的那天很快會來到的。」

我抬頭看著男人身後的巨岩，那是一顆粗糙黝黑的火山岩，岩石表面上像是有人曾很仔細地拿小金屬槌密密地鑿出好幾萬個小孔，從這個角度看著岩石，會有著「其實這只是它露出來的很小部分」這樣的怪異感覺。我想像自己站在一顆像地球大小的完整岩石上，身邊海灘上的細砂、街上奔馳的人車、稍遠街上的一棟棟房屋其實都只是這顆超級巨石上的粉屑，吹口氣便會把一切都飛噴到茫茫宇宙之中。

「我走了。」我說。

「謝謝你的菸。」男人側過頭從另一面很小聲地說。

我小心地繞過卵石走回原來的碎石堆，從石堆上緩緩走回海灘，留下那個裸體的男人。

關於「無聊」的搶先宣告

聚會時，女孩 a 喜歡斥責別人無聊。這似乎是有效戳止一切話語的突擊，所有人都被這句空話的破壞性所技術性擊倒，噤口。

一整個宇宙無聊，女孩彷彿是前來揭露這個隱晦祕密的使者。存有的意義在這個啟示錄的聲音前瞬間蒸發，女孩的永恆回音飄蕩在空無之中。

「無聊」成為最暴烈反彈自身的宣言。因為這句話並不使世界因此有趣，反而以雙重的意指（自我意指與意指他人）為世界畫下句號。

因為一個任性的女孩，一切可能性皆被無差別地屠殺，眾生沉淪，世界的光度被再度調暗。

女孩

不知哪個環節發生差錯，女孩處在一種生命停滯並因而逐漸傾頹、枯萎的空寂裡，似乎在人生的巨大風暴降臨之前許久，在地上的枯葉還僅是由一陣旋風所吹拂捲起、陽光仍篩漏林間的靜美時刻裡，她便提前在生命、愛情與工作上選擇像一株仙人掌般低調且充滿警戒的活著。像是在非洲草原上與成群獅子生活的羚羊、斑馬、疣豬或水牛，成天看到的只是周遭同類被飢餓獅群選中後的哀嚎奔逃，然後宿命地垂下頭繼續吃草，耳裡嘩嘩響著死亡輪盤的巨大聲響。女孩不論講什麼事情都有一種聽天由命的無力感，在日常的飲食用度上異常的寒傖節儉，在愛情上隱晦地與不同男伴維繫曖昧與注定無結果的往來。

k突然明白女孩的房間為何讓人覺得悲傷。

這是因懼怕未來而自行凋萎的人生。女孩的一生躲在一種被動、安靜卻誘人獵食的都會縫隙裡，因害怕受到傷害，生命之河像麥芽糖般膠著不前，女孩因藏匿在巨大的時間褶頁裡而感到心安，在這個時間膠囊裡即使闖進一頭大象都輕盈地跳著探戈。然而內外的時差正開始要劇烈撕扯女孩，她二十五歲了，什麼事都沒能做成。

y

y一邊做著左吸右嗅的虎鼻師動作一邊說他對月經來潮的女人無比敏感。k想像y在捷運上可以如鳥瞰圖般繪出月經女人的車廂分布曲線，經血的氣味像是一束輕滑的絲帶從女人的胯下徐徐吐出，飄向他的鼻子，或是雙眼像海關的紅外線體溫測度儀，月經來潮時整個人像一團綠色火焰般散發著濃密的螢光，其他人則褪色成半透明的鐵灰人形。y年輕時與婚外情對象人妻相約北投談判分手，在木造的百年日式旅館房間裡y談到最後又上了人妻。人妻月經來潮，y說當時已精蟲灌腦根本管不了他媽那麼多了，二人在鋪滿雪白棉被的和室裡激烈的作愛，y亢奮的陽具像一根唧筒般來回抽動於人妻的子宮，經血如水庫潰堤爆炸噴湧，淡雅的房間最後像是死者與兇手肉搏的命案現場。完事後女人頹然坐在血漬與穢物狼藉的房裡痛哭失聲。y臨走前不忍地回頭看了一眼，榻榻米上輻射散開的棉被彷如綻放的玫瑰將女子擁抱在黯澹的蕊心。「從此，我的身體便記得那腥臊淒美的味道哪！」y說。

阿鬼與 i

i 沖了杯咖啡囫圇嚥下，然後像太空人吞食流體太空食物包般用力嘬吸晨起的第一根香菸，興奮的菸草叭茲叭茲地向他嘴邊燒來，一口氣燒掉半根菸讓 i 相當滿意。他攤開紙開始寫給阿鬼的每日一信，先打草稿，然後謄到專程跑下山買來的信紙上掛號寄出。i 天天虔誠無比地為阿鬼做這件事，彷彿那是生命唯一值得從事的事。愛情原是一場奉獻。

那是一段乾淨、無聲與充滿字詞透明質地的靜好歲月。

但阿鬼很少提筆回信，偶爾卻會打電話來抱怨「都沒收到信」。

問他幾天沒收到，答：「昨天與今天，共兩天。」

阿鬼讀小二時被派到校長室清掃門窗，禿頭的胖校長長年穿中山裝，走過之處發散著鹹膩的油耗味，飄在空氣裡像一條絲帶，在學校裡大家很容易逆流尋獲禿頭校長的位置。小阿鬼奉命與另二位同學來到校長室，三人合力擰乾抹布後好認真地各自低頭擦拭角落旮旯的灰塵。「阿鬼，」校長叫他，正蹲在地上摳一坨汗漬的阿鬼嗯一聲抬起頭來回應校長。我的目光，據成年阿鬼形容，落在一截，不知應該怎麼形容，水管、大腸、草繩、水蛇、鰻魚或黑輪上。你知道以前校園裡那種蔣介石銅像吧！阿鬼從他蹲跪的高度看上去，白熾的日光燈管把校長燒灼成黑色剪影，像極了那銅像，只是眼前這人的長褲與內褲一起褪捲到膝蓋，中山裝下面露出光溜溜一小段身體，像是許多年後流行的蒙面露毛自拍，很簡單地結合「公眾場所」＋「匿名性器」的素人表演。這是「我雖然匿名，但是你看，因為有我這裡出現一具性器吶！」。有人以手機寫日記，他以性器寫日記。

「你有在看嗎？」校長問。

阿鬼忘了後來他怎麼離開校長室，但小阿鬼事後再不肯接受打掃校長室的殊榮。

i看過阿鬼小時候的照片，是很可愛的小孩。這會不會是貴校校長對蘿莉或正太的特殊獎勵？類似畢業典禮上的校長獎之類的。i想像阿鬼那個國小的每個小孩都曾在某個大掃除時段看到校長本人熱情洋溢的脫褲「瘋馬秀」。

獎勵個頭，阿鬼捲起一本雜誌用力朝i的腦袋痛毆一棍。「好痛！」i發出哀嚎。

露陰癖

多年來，阿鬼身上似乎帶有喚醒暴露狂的超強能量，無數的露陰癖像是灑在桌上的鐵粉般不自主地被磁吸到阿鬼身邊脫褲露鳥，從小到大的經驗大概可以出版一本專業的台灣鳥類誌。他高中上學途中，一位北杯被乘客推擠到他的座位前，這是一整天公車最繁忙擁擠的時段，阿鬼視野裡看不到完整的人只塞滿身體各部位的「人體拼圖」，套裝裡的絲襪小腿、穿西裝戴鍍鉻腕表的手臂、緊扣舊公事包的指節、豐滿的熟女肥臀、夾人字拖曬黑黑的腳背。阿鬼專心背著英文單字，但北杯執意要以整個身體攬住他座位的動作讓他覺得胸悶，他放下課本看到北杯皮囊鬆軟布滿肉褶的老二從敞開的褲襠拉鏈整個裸露出來。北杯似乎仍毫不知情地站在擠滿乘客的公車車廂裡，高中生阿鬼心裡生出巨大的憐憫，「北杯上完廁所忘了把小鳥放回去了。」他心急地想。就好像i年輕時在火車上看見一位辣妹的短裙拉鏈鬆垮垮地咧開癱在俏臀上，整趟旅程裡他皆毫無一絲色情想像滿腔正義地苦思該怎麼告訴一上車便呼呼大睡的辣妹，她敞開的粉紅色小內褲正壓在復興號膨椅的絨絨刷毛上。如果當面點破無異讓她當眾出醜，但知道不說（雖然i是陌生人）卻是讓辣妹渾然不覺地丟更久的臉，何況這還要阿宅i出面開口哩。阿宅陷入畢生最大的困境，臨下車前他經過辣妹旁低下頭匆匆對她丟下一句「妳拉鏈沒拉啦！」便漲紅著臉像個被當眾揪出的死變態跌跌撞撞地慌亂下車。

第一個人名

在夢裡k進入十一歲時所作的夢中。幾何圖形構成的超現實曠野裡他與施明德一起出現，二人的影像有點抖動，像是剛被傳送到某個電玩的虛擬實境中。空氣似乎填滿豬油或魚膠的透明凝露，動作緩慢浮晃，k立即發現在尺度巨大怪異的另一端靜默佇立的人是電視上每隔半小時放送一次照片的壞人。在夕陽暈染的橙黃薄霞中，小孩子k反手扣住那人的手腕，並在夢裡因自己即將成為國家英雄而洋洋得意。

他獨自一人抓住了全國懸賞緝捕的匪徒施明德。

但這不就是嘉義的中山公園？為什麼氣氛這麼消沉？k自忖，耳中傳來歡呼與鼓掌的陣陣聲浪。施的臉龐陰鬱而不快樂，單薄的身形像是從某根電線桿揭下來的通緝告示，一張人形薄紙，紙質粗糙薄脆印滿執政者幾近抓狂的指控。是這樣一個萬惡歹徒啊？k卻不覺得自己成功捉到全國通緝的恐怖分子，二人走在夢中的廣場反而像是牽手散步的父子，在乾淨無陰影的大地上拖出長長的影子。

對著歡呼的群眾致詞時，k說：可是沒有任何人被逮捕啊！

大家默然。

卷 二

韓波的放棄

韓波，囊括所有獎項的資優生，十五歲寫出第一本詩集，逃家、抓回、再逃家，輟學，酗酒、巴黎公社與安那其主義者，二十歲放棄書寫，浪跡天涯，當傭兵，在馬戲團與鋸木廠打工，以雙腿走遍歐洲，深入黑暗非洲買賣咖啡與走私軍火，不斷換工作，有著深愛的情婦，三十七歲被擔架扛回法國馬賽，截肢，病痛纏身而死。

四百擊的純粹形式。

十七歲就攀上作品頂峰，寫信給摯友Demeny：「燒了我所有的詩，我一定發瘋了才交給你……」

同一年又寫給Demeny：「我是他者。如果黃銅甦醒後成為銅管號，一點也不是它的錯。」

成為迷宮，成為一個謎與一首詩，生命的暈眩莫此為甚。

「所以，必須成為韓波才有資格放棄。」René說，嘴邊揚起頑皮的微笑。

一生的逃逸，不斷穿突域外的韓波與他黃金般閃爍的放棄。

追羊最好留給牧羊人

鏡頭裡，Michael Nyman的右手不斷用力重擊琴鍵，手形未改，方位不變，在節奏雄渾的賦格樂聲中，他不像在彈琴，像是專注搗藥作法的祕教巫師，或是一個聚氣兜攏四散羊群的牧羊人。鼓翼飛撲而來的音樂像是他撞擊這個世界的強悍手勢，像踮起腳尖跳著芭蕾，轉身，生命壘壘豎立在這個不斷變奏回返的單點上，在身體的不可能伸展與回旋中摶聚暴風的偉大力量。

在不斷淩空壯大的低限節奏中，黑管、提琴與鋼琴如斑斕的黃蜂群湧升如雲，覆蓋整個舞台。

我想起東京老壽司司傳說的一句話：職人就是一輩子只專心做好一件事的人。

將生命維繫在低限主義之中，一生只與一種材質建立內在的關係。殺手與槍，木匠與木頭，漁夫與魚，哲學家與智慧。專注的友誼，死生所繫的一命。

在樂聲激起的巨大暴風中，Nyman坐在窄小無風的暴風眼裡，咚咚咚地敲擊鋼琴的白色琴鍵，手指起落重擊，如永恆回歸之神祕運動。

弗美爾，梵谷的先驅者

《追憶似水年華》中讓人心驚的一幕，或許是唯一一幕，是作家貝戈特之死，他猝死在弗美爾的《戴爾夫遠眺》前。一幅畫殺人，並不意外，即使是弗美爾這樣總是描寫北國恬澹生命光景的畫家，他畫中所給予的強悍情感亦足以殺人於無形。

在海牙美術館昏暗的展示小間裡，《戴爾夫遠眺》像一片金箔在遠處閃閃發亮。基本上赭黃的畫，然而黃色顏料在畫中被徹底演練幻變，焦黃、芽黃、檸檬黃、病黃、麻黃、米黃、蜂黃、嫩黃、蠟黃、枯黃、卵黃、磷黃、金黃、韭黃、橘黃、鉛黃、蟹黃、鵝黃……，一切的黃與究極黃化的世界。

在畫中的一小塊土牆上聚焦濃縮了整幅畫中散射卻不可見的陽光，如同淬鍊化學元素般所發現的究極之黃，《戴爾夫遠眺》是一幅關於太陽光線問題的深邃作品。

弗美爾是梵谷的先驅者，擊殺貝戈特的「黃色牆面」不是畫中前景沙灘上晦暗無生命的泥黃，而是搏動著強壯心跳的烈黃。一種直到梵谷出現後人們才真正見識到的黃，n次方的黃。

普魯斯特筆下的「黃色牆面的珍貴材料」，強度匯聚的純粹程度，直到可以殺人。

梵谷寫道：「在我《夜間咖啡館》這幅畫中，我試著要表現咖啡館是一個可能自我摧毀、發瘋、犯罪的地方。」（lettre 677, à Arles, 9 September 1888）

梵谷割耳的阿爾與弗美爾凍結的戴爾夫被一種獨特的黃所連結。

因為晚生的梵谷，我們終於懂得弗美爾的風景。

魔人梵谷

一、顏色即魔

《麥田群鴉》是梵谷敲開的地獄門。

像火山噴湧的顏料熔漿，地獄的火盆。顏色決定本質。

這已不是一幅畫而是顏料的純粹流湧。每一抹厚塗的顏料都成為作品的物理量體，已不僅是畫布的筆觸或質感，不是虛幻的透視深度，而是空間的雕塑。

回歸色塊的元素主義繪畫，必須在現場空間中凝視其顏料造型，顏料之魂魄。

畫即色塊，色塊的堆疊積壘凸出於畫布，成魔。在線條決定形象之前，魔界的色塊已經本質性地決定作品。

因為這是生命沸騰爆裂前的一瞬。

「我自己的生命也從最根柢本身被襲擊，我的步伐踉蹌搖晃……」（lettre 898）「我整個被廣袤巨大像汪洋大海的麥田所吞噬。」（lettre 899）

這裡沒有人，沒有主體，因為我畫，故我不在。

二、恐怖「黃洞」

黃底中的巨大黃花讓人暈眩，如果高彩意味速度與運動，那麼《向日葵》（*Sunflowers*, 1889）是一幅由色彩的暴動所強勢開始與完成的「完全的畫」，一場在畫布上由風馳電掣的黯黃所雷厲翻攪的完美風暴。

色彩在此像絢爛的焰火從花叢中噴出，力量透過每一片花瓣意圖局部折曲畫布。梵谷的色彩擁有宇宙創生等級的力量，甚至使畫布因色彩的漩渦而凹陷。

吞噬觀者眼球的豔黃。

一朵花即宇宙，甚至大於宇宙。花瓣不是花瓣，而是力量的痙攣與衝突，在空間中所留下的物理曲扭。

在梵谷的每一朵花上，風暴正在形成。

三、Still life

渾厚瘋狂的顏色給出流動中的高亢彩度，短而非慣性的筆觸成為非理性的運動元。梵谷的碎裂色彩教導眼睛何為速度，這是一種即使靜物與肖像都被迫蜂湧嘈切的微色塊布置。

即使是「死亡的自然」都 still life[1]。

四、顏料流體

從《聖經》開始，蘋果便是魔幻與啟蒙之鑰。在塞尚與梵谷的畫中，蘋果則以風格化的方式切開觀者的角膜。

一八八七年的《蘋果》（*Apples*）展現了色彩的運動粒子與其流湧。正如希區考克由剪接將運動——影像推向高峰，梵谷則在靜物畫裡以顏料迫出運動——影像。

梵谷畫出了空氣粒子的流動及光影的搖晃，他成為顏料流體力學的先驅。色塊無黏性地在畫布上多相奔流，顏色的生命衝動。

在此，世界以色彩進行中。

五、尋找漩渦樹的方法

色塊成了運動的原因，它捲起每一枚樹葉，撲動白楊畸張的枝幹，以一幅畫凝聚全宇宙的張力以便讓大樹像是一團深綠色的風暴，讓所有人的目光都暈眩在它砰砰作響的暴風眼中。

應該靜謐的普羅旺斯，畫面上的顏色都喧噪翻騰。所有景物都因自身的生命而晃動，因為晃動而擁有顏色，事物只因為它生命的獨特動靜而有獨特的顏色與光影。印象派是一切都是運動，一切運動都塗抹在畫上，因為靜止者沒有顏色。

看到梵谷的畫之後，所有人都已心知肚明，現代畫家再也回不了

1「死亡的自然」是法文靜物畫（Nature morte）的直譯，Still life（繼續活著）則是靜物畫的英文。

畫室了。

六、一八八五，梵谷元年

在一八八五年的《女人頭像》（*Head of a woman*）中，暗沉晦澀的畫面開始閃現光的力量，運動以其明度及彩度留在畫面中。這是《食薯者》系列習作之一，此時高彩的亮度只是畫中即隱即滅的一二殘影。然而，梵谷已經蓄勢要從一切暗黑與死寂中破空而出。

同一年的《農舍》（*The Cottage*）亦留下梵谷即將變身的痕跡。畫面前景的田野開始泛出隱隱的亮黃，像是遙遠的咚咚鼓聲，還未爆棚卻持續不絕，因為自殺者梵谷還沒組好他的戰爭機器。觀者的眼睛暫且還承受觀看，高爆殺人的色彩未完全迫擊網膜。一切還只是晚風吹拂的枯草、屋裡熒熒的燭光、夕陽染紅的晚霞。

然而，在這一年，魔人梵谷將降臨人世……

七、社會的自殺者

畫布上的麥田、絲柏、黃土、雲朵、山巒皆像原地自燃的顛狂色塊，彷彿正嘶嘶地噴洩地氣。站在這樣一幅又一幅附魔的畫前，人不可能看到任何形象而不同時被炙熱的顏色所傷害，不可能感受這股恣意的生命而不被其暴力所貫穿。

在最後幾年的畫裡，顏料彷彿不再是被塗抹在畫布上，而是一撇一撇瘋魔地由畫上蛇竄湧出，糾結纏繞像是顏色瀲灩的群居蟲蛹。而被這樣亟欲噴出畫布的筆觸所描繪的，是一再歪斜攀高、地心引力再也約束不了的各種植物、屋宇與家具。在這樣的畫中，色彩欲衝出畫布，事物欲擺脫引力，一切事物（與描繪事物的表達）都處在極度離心的失衡衝動之中。愛欲與死亡在繪畫的行動中合而為一。

這就是梵谷，「社會的自殺者」，以狂躁生命的十年向上帝換來的二千幅油畫與素描。

張僧繇曾在牆上畫鷹，「鳩鴿等不復敢來」，梵谷的畫裡或許不需惡龍猛禽，同樣讓人為之膽寒。

幸好，還有卡拉絲

卡拉絲雙手環抱，神色哀淒地裹在一席披肩禮服裡，舞台後方站立著層層歌隊，仰慕的聽眾擠滿了劇院，她卻彷彿孤身立於荒野，拉緊著披肩，在長達一分半鐘的前奏裡，躊躇、幽微、沉默與心碎，任由所有目光愈來愈深重地凝聚身上，像是人世最巨大的悲傷。

突然間歌聲像是由世界的每個孔竅中同時湧出，柔美、悲抑欲絕卻潺潺不止。卡拉絲以她能摧折一切鐵石的美聲唱起貝里尼*Norma*中著名的*Casta Diva*。

a愛b，a必須向b的國家開戰卻如此愛b而不忍宣戰，此時b

卻愛上c……。一切愛情故事的原型不過如此，即使是史詩般交戰的敵國大祭師與總督，或僅是義大利維羅納省二個世仇家族的後代男女。

然而卡拉絲的*Casta Diva*以她歌聲中獨特的悲欣哀婉，超越了世間男女的瑣碎與卑微，怪異莫名地，愛情竟爾成為綿延歌聲中被推往想像極限的「超越練習」，顫巍巍地與理性周旋抗衡，崇高，勢不可止。

幸好，這世界還有卡拉絲與她的*Casta Diva*！

切割眼球，摺曲網膜：畢卡索的臉性

女人年輕、短髮，髮式豐美俏麗，有著陰鬱寡歡的淒濛。這是畢卡索揉雜立體派與超現實主義的作品，《女人頭像》（*Head of a Woman*, 1926, Staatsgalerie Stuttgart）。因為線條單純簡潔，這幅單色素描揭露著畢卡索式的視覺啟發，他的「臉性」（visagéité）。

女人的側臉彷彿是捲筒般被攤平鋪展在畫布上，左右二側的輪廓共同組成了像是科學怪人的破碎臉孔。女人的雙眼怪異地扭轉空間的向度，二隻相互垂直的眼睛以正面與側面吊詭共存著。畢卡索或者並不如我們想像的把女人的一邊側臉轉動一百八十度，使得左右臉龐在同一平面上被壓扁，因此得以闊氣地全景觀看。他九十度地轉動半張臉，讓正面與側面共構一張詭異的臉。不是把立體物件（頭）直接壓扁，而是垂直與水平二個向度在一張薄紙上的艱難共存，由單一視點迫擊出互為直角的雙重視線。

立體的畢卡索迫出了眼球的究極運動，這不是戴上偏光眼鏡便自動3D顯像的僵斃「立體電影」，而是觀者眼球的強勢瞬間移動。觀看畢卡索立體派時期（以及之後）的作品是一種「眼球骨折」的痛苦經驗，因為他要求我們同時在相互垂直的兩個方位觀看一個物件，他伸出畫筆如醫生伸出手術刀，要在我們渾圓的眼球上切割出不同座標與象限，在我們平坦的網膜上皺褶出波浪與凹痕。

由是，女人既是側臉亦是正面，同一時間與同一地點。彷彿該同時處於二種方位的不是這幅畫，不是被怪異曲扭拼接的這張臉，而是從此命定永不得安歇、妖幻跳動於垂直與水平雙視線的我們，我們的眼球。

這幅畫（或其他立體派時期的作品）能量最強大與最暴烈之處，在於相互垂直的兩個象限交錯接觸的曲扭中線上。畢卡索在這條彷如換日線的破碎曲線上迫出兩個象限在單一視點上不可能的核融合，眼球表面上的迷你核爆！於是我們錯亂地看到不同角度卻上下相接的鼻子，既是側面又同時是正面的嘴，然後是角度不斷偏移的軀幹與明滅暗影。

畢卡索創造了扭轉空間向度的暴力之線，正是在這條線上，我們將我們塑造成當代的觀看主體，並且終於生養其中。

返回馬內

一、傅柯障礙

一八八二年的《女神遊樂廳吧檯》是馬內畫作的難題，就如一六五六年的《宮娥圖》確切是委拉斯奎茲的難題一樣。

兩幅畫相隔逾兩百年，但都有一面鏡子，鏡子正面對著觀畫者。難題由此衍生。

藝術史上的畫中鏡子或鏡像所在多有，但馬內與委拉斯奎茲的鏡子以其獨特的布置迫出虛擬影像與實際現實的融合界面，畫中風景與畫外觀眾被共構於影像的強虛構中，一起描繪了嶄新的影像空間，某種互動影像。這或許便是傅柯何以對二位畫家有著濃厚興趣的原因。

傅柯在《詞與物》第一章對《宮娥圖》從事了駭人的精密分析，委拉斯奎茲的鏡像問題在某種意義上可以說從此被傅柯封印了。然而馬內卻一直只是傅柯生前未出版的草稿，甚至謠傳已被焚毀。或許，馬內是最後的難題，是關於鏡像、主體與異托邦的傅柯障礙。

《女神遊樂廳吧檯》無疑地蟄居於馬內風暴的暴風眼裡。

鏡子，而且是正面映射觀畫者的巨大畫中鏡子，這是何等讓人眩暈的布置與虛構！在這個強布置與強虛構中，撇除那些細節、紋理與布景，一切觀看此畫的人首先觀看的是自己，是看一眼便立即被這幅作品吸附吞入影像中的妖異布置。

我們面對畫中吧女與她渙散眼神所透露的淡靜倦意，然而我們的心神卻終不免被這道迷濛的眼光所收懾與撫觸。然後我們愕然發現，我，觀畫者，其實早已是影中人，成為畫中鏡裡近身與甜美吧女交談的高帽紳士。

這是《聊齋》〈畫壁〉的印象派版本，但或許不再飽含道德訓誡的「人有淫心，是生褻境；人有褻心，是生怖境。」而是純粹展現造偽威力的強虛構影像。這並不是單純映射觀畫者的畫中物理鏡像（如《宮娥圖》），也不是相由心生的空洞指涉與心理主義幻影。相較於吧女正面高彩度的明亮形象，已過度黯淡、褪色與模糊的畫中鏡像其實是一種回憶影像，屬於已逝的時光，關乎所有酒吧裡歡快、調笑與激情的明滅幽魂。

有人說《女神遊樂廳吧檯》描繪出「十九世紀最洵美的前排靜物」，吧檯上香檳、水果與烈酒的歡快列隊中最懾人心弦的是正中央盛裝清水與鮮花的玻璃杯，這幾乎是整幅畫中最明亮透析的影像白洞，三百六十五度環場倒映酒吧全景的鏡像晶體。這顆水晶積聚了整幅畫的威力，在畫面下方閃閃預測著未來：吧女的未來與我們的未來。

《女神遊樂廳吧檯》是一幅時間影像，以現代繪畫中曲扭歪斜的深度向每個人展示著未來、現在與過去，在一前一後兩面鏡像所怪異夾擠的影像積體裡，化身為一個倦態可掬的甜美吧女。或許正是如此，在馬內生命的最後一幅畫中，他再次揭啟了現代的意涵，現代性的時空已轟然啟動！

二、一或二種鏡像

折返與倍增。一面鏡子所能給予的效果如此簡單與迷人，卻深深誘惑著歷史上想參透「一與多」祕密的眾多好奇者。

這真是宇宙中最邪惡的東西，波赫士說。但無疑地他亦被鏡像所簡潔倍增的迷宮形式所深重魅惑。

傅柯在《詞與物》第一章對《宮娥圖》的鏡像分析是當代思想基本教材，此或無庸議，一切幻術不過是「纖細的可見性之線的折返」，他寫道。

馬內的《女神遊樂廳吧檯》是《宮娥圖》的時間——影像版本（這麼說來，《宮娥圖》停留在某種運動——影像的層面），同樣是觀畫者被吞吸到畫中成為影像的構成元素，或許可以把這種「作品吞噬觀者」的構想命名為第二人稱裝置。既非畫家主觀的第一人稱，亦非無差別的第三人稱或布朗肖的「它」（il），而就是「你」，作為觀畫者的你入鏡，走入強虛構之中。《女神遊樂廳吧檯》的原創性繫於馬內以印象派風格為畫面迫出的時間性。相較於此，以驚人寫實技法纖毫畢露的范・艾克（Jan van Eyck）《阿諾芬尼與其妻子》（*Giovanni Arnolfini and His Wife*, 1434）則僅是自我封印於影像中的單子。這幅畫中的鏡子隱約映射了房間裡在場的四人，充分滿足許多觀畫者的窺視欲望，「原來，房間另一端還站了另外二個人吶！」然而，范．艾克其實並不曾真的劈裂畫布、砸碎畫框，他忠實保守地將影像封印在筆下的幻境裡。究極而言，鏡中四人絕不是畫外之物而就是畫的內容。鏡子（不管再怎麼處心積慮地圓凸魚眼）所全景映射的僅是畫中世界，甚至不是畫中不可見的另一面，而就是畫本身的唯一可見性。因為在這面鏡子中，可見性之線並不曾被真正彎折，視線不曾改變方向，一切可見之物都以原初的狀態出現。換言之，這是一幅畫，而非鏡子。

最後，最為人津津樂道的范．艾克在鏡子上方的拉丁文簽名：「范．艾克曾在場」則成為這幅畫的贅語。整幅畫已處處透露他獨有的風格手筆，何嘗需要添附文字註記？他且無馬格利特「這不是一枝菸斗」之幽默狡黠。「范．艾克曾在場」成為此幅畫中唯一的真正鏡像，但很可惜的，是語言而非影像的鏡像。衣物毛料的纖維、人物的膚色氣血、空間的光影充盈可以在影像中歷抵如此巔峰，這是范・艾克的神之筆，然而如果不是影像的威力已經失靈，如果不是窮究分毫的寫實技法已到了盡頭，文字何需出場？

三、影像粒子的蘇活

馬內，總是必須一再回到馬內。他是「現代的創生者」，奧賽美術館這麼標記。

原來，畫中那些臉相異常清冽透晰的人物正站立在古典消亡、現代即將全面啟動的決絕點上，在時代破裂的燥熱時刻，他們從畫中凝視我們。

觀者不再安寧。透過畫筆，色彩如同二進位的01代碼被層層析濾出來，成為垂直與水平的顏色流湧。一切開始於局部的晃動、騷亂，力量來自影像中色彩的自我侵蝕、漫漶終至如蜂群般震動，或者竟如高速運動產生的糊焦與視覺暫留。這是一八六一年的《小朗格》（*Le petit Lange*），世界在蒸汽火車的牽引下已經啟動一種人造速度。穩固與井然的古典時空成為虛假的表面，皮囊已遮掩不住內裡的暴熱竄突。馬內的作品是影像停駐與固定的不可能，也是影像內部的必然暴動。一八六二年的《街頭女歌手》（*La chanteuse des rues*）成為局部色塊的能量遊行，靜態人物畫中必有顏色的區域騷動，似乎只因為將某一場域的暴動最大化，我們才認識此人，畫中人物才因此獲得重生。

生命力不再由人物的臉或身體展現，而是由無生物的細節，由兩種顏色的交界或色塊內部的急遽擾動變形所給予。馬內就是顏色＝力量，就是影像＝生命。

貓尾、花束、床單、裙裾……，生命成為黑色、白色或色塊風暴的速度。它們暴竄奔突到形象周遭，在肩膀外圍，裂凸於嘴唇與臉頰，人從此不再安穩。

Eaux = Fortes（水 = 強拍），某筆記封頁這麼開始，原來可能只是 Eaux - Fortes（腐蝕銅版畫），被添上的一劃恰好怪異地為這些流動的色塊作了注腳。

因流動、速度與強度而感動的嶄新世界，現代誕生，一如初生的嬰兒。

一八六六年的《隆尚賽馬》（*Courses à Longchamp*）以光的速度呈現三種迥然視域：觀眾席上湧動的深色色塊是騷動的人影，以細小單元但更大幅度與強度在風中顫動的綠樹與白雲，以及垂直躍出、意圖劈裂畫布表面的奔馬。我們同時看到因自主的原地運動而熾烈內爆的觀眾席、因不自主的顫動而糊焦的綠樹，與暴力破出畫面瞬間的奔馬，畫布中的三種運動處在不同的時間流湧之中，各自誕生並演化著由顏色所特化的生機與動態。站在跑道正中央的觀畫者眼球被切割，以便符合視覺多樣演化與差異化的絕對要求。彷彿馬內在十九世紀中葉便已要求他的觀眾必須在自己眼球上開出多重視窗，大腦必須多工運行！

在後期作品中，馬內所署名的這種色塊已被嵌入分子層級，強度倍增卻不再可見。一八七九年的《拉篤伊老爹露天餐館》（*Chez le père Lathuille en plein air*），男人的手因微色塊的固執騷動而幾近融化，背景站立侍者的白圍裙已化成一陣白色顏料的旋風。人物在這樣的影像風暴裡被擲入遠非表面構圖所可理解的高度動態中。馬內解放的是影像的構成分子，屬於繪畫史的「分子革命」。因為馬內，影像成為一種分子雲霧的臨時強度聚合。

於是我們可以看到一八八二年令人魂牽夢縈的《女騎師》（*L'Amazone*）。騷動的分子化色塊從渾沌中再度整合、積分成影像主體。人物誕生於多重瞬間的形象疊影，這是馬內晚年所獨特顯影的時間——影像，或影像＝時間，由不同運動速度的繁複切片交疊成像。繪畫成為關於高貴騷動之事，人物的臉、手、背景各自分化繁盛於不同的顏色生命政治之中。但這不再是影像的崩解與潰散（如同一八六〇年代的作品），而是影像粒子生命的全面啟動與蘇活。

我們總是得一再回返馬內，因此理解現代的生命模式。

音樂仁

一、You say yes, I say no

歌詞很白痴，只有反覆幾句：

You say yes, I say no

You say stop and I say go go go

You say goodbye and I say hello

I don't know why you say goodbye, I say hello

這首單曲在一九六七年推出，有一種無厘頭與精神分裂的FU。是徹底的溝通不行、胡搞與唱反調，簡直是來亂的！但整首歌裡有著極度的歡快，好像人人都爽到不行。或許這就是六八的底蘊，一種歡愉的啟示錄（apocalypse joyeuse），一方面歡欣激爽，另一方面卻是世界必定要翻過來一次的恐怖。

這樣的溝通是一種未來的溝通，不是我跑來跟你說明、解釋我過去做了什麼，我現在想什麼，努力在我們之間尋求共識或共感，而是盡一切能力召喚某種未知與未來的人民，創造屬於未來社群的感性。這是為什麼真正的溝通永遠是不通，永遠有精神分裂的FU，因為我們能講與應講的，是一種僅屬於未來的語言，分享的是一種僅屬於未來的感性。我們並不是為了過去而聚在一起，聚在一起也不是為了展示我曾做了什麼，而是為了指向未來的啟發，為了未來的人民。

二、充滿救贖的「失望、失望、失望……」

The Cranberries的女主唱Dolores O'Riordan以她綿密拔高並兀自

在空無中轉折躍升的愛爾蘭唱腔反覆吟唱「失望、失望、失望……」英文字 disappointment 竟爾孤自成為飽含情感的詩歌，在一切已經好荒涼的時空裡滴溜溜地轉動。

即使最終仍不免滅亡，要「陽光下死」（dying in the Sun）。

三、摩里森音樂機器

梵・摩里森一走進舞台中央幾乎毫無間斷地便火力全開高音唱了起來，與此同時鼓手大力砸下鼓槌，吉他手急刷琴弦，小號與鍵盤轟然暴響，觀眾席湧出尖叫與口哨，演唱會開場了。

站在樂團環繞的中心，他像是帝王，一邊以愛爾蘭高昂唱腔一句句長吟華美歌詞，一邊揮手點選身旁的樂手準備 solo，接著便是悠揚的伸縮喇叭、小號、貝斯或鍵盤的接力獨奏。

這就是梵・摩里森的現場音樂，以藍調、靈魂、民謠與爵士所瞬間啟動的戰爭機器。

他不停啜飲啤酒，場邊的小弟每隔一陣子便得端上冰涼的一杯。嗓音渾厚地唱了二個小時後，他轉身走進舞台左側，整晚都技法如神的鍵盤手邊彈邊回身留意他是否重返舞台，藍調節奏繼續轟然滑行，像海面上一艘壯闊航空母艦，許久許久。藍鬱的帷幕裡終於再度響起梵·摩里森的歌聲，他回到舞台，整組樂團再度奮起噴火，簇擁著高大的塞爾特音樂帝王。然後，他留下樂團，再度走入舞台左側，帷幕上有他手指輕輕劃過的抖動，樂團繼續拔高樂聲，每個樂手都輪番演奏謝幕前的solo，最後是鼓手，他擊下再擊下終於愈來愈悠緩但亦愈來愈渾重的鼓聲。燈光驟暗，音樂停止，梵·摩里森與他的樂團不再出來謝幕。

夜后

華麗、憤恨、魔幻、高亢激昂近乎崇高，像一整鍋蒸騰翻滾的鮮豔顏料一股腦地澆到大腦灰白質最脆弱敏感的部位，或像在岩漿高爆噴湧的火山口裡沒有底地被地心引力牽引下墜，最後竟幻想自己其實不斷不斷地飆高躍升。

這就是《魔笛》第二幕第八場的〈夜后〉。煩悶乏味的一生裡似乎僅等待著這麼妖冶邪魔的幻美時刻，花腔女高音Diana Damrau清亮拔高的聲音擲破這個昏昧的世界，一切必須以非常快的手法、非常高的音調，以飽含感情卻十足炫技的複音反複詠嘆。

某種超越人的卻又同時是只屬於人的，以洶美的力量不斷攀升或下墜，直到成為超人，成為人之非人，或許這便是莫札特臨終前審慎交付的祕密，魔性滿溢令人懍然驚怵。

影像的直線迷宮

影像無止境地持續深入，像是探索一條永無盡頭的陌異之路，鏡頭固定位置，左右兩側的水泥樓房像單調的人工布景不斷迅速後退，在畫面上製造著晃動與消失的殘影，直線運動的攝影機破壞了世界的向度，事物被剝奪了積體成為各自往左右壓扁退場的紙樣存在。只有一個向度被肯定，但不再是笛卡兒座標中的 x y z 或任何長寬高。這是單面向的運動影像，沿著一道不可見的軸線前進或後退。

影像中心像是被嵌入一個可視性的黑洞，無底的針孔。畫面裡那個傳統透視法稱為消逝點的無窮小點成為主宰整幅動態影像的阿爾法點，或者如波赫士所曾發現的，包含了一切影像的阿萊夫。未來的影像源源不絕地由這個沒有面積的點誕生、等比例拉長放大，然後迅速出鏡。

完全不具有梅洛龐蒂以現象學方法從日常知覺所提取的著名深度概念，因為它並不與肉身共構自然，而是將身體瓦解在影像無窮增生的內在空間之中。影像擁有屬於自己的虛擬厚度，人們一旦觀看便被浸入虛擬現實之中。

這是行車紀錄器盛行之後的視覺，由固定在汽車擋風玻璃中央的迷你機器自動錄製的無人稱影像。

影像像是吞吸一切的無底黑洞，或其實是不斷噴吐景物的白洞。不再需要百衲布式的蒙太奇剪接，亦非水平移動一鏡到底的全景劇場鏡頭（如希區考克的《奪魂索》）。鏡頭總是往前一鏡到底，景像總是單調無有風格，一律筆直前行，加速、減速、暫停、啟動，直到世界末日的純粹公路影像。

這是現代人的視覺經驗，眼睛被加上限制視野的黑色套筒，視野縮陷宛如拉車的馬匹只能直視前方。

當代科技的影像偏盲症（hémianopsie）。

除了行車紀錄器，全球有無數監視攝影機二十四小時開啟，但我們很少會重看這種自動影像，除非它偶然記錄了事件，通常是隨機與偶然錄下的天災人禍：撞車、搶劫、地震、鬥毆……。這是一種真正殘酷卻又無聊透頂的實境秀。

這些隨著汽車四處竄走錄製影像的電子眼隨時掃描著現代城市的每一條血管肌理，街道隨著汽車（而非駕駛人）的視角與速度同步轉化成動態影像，每一輛車都生產一組長條狀錄像。每一輛穿過我們身邊的汽車都以它的電子眼掃過我們，把我們化成薄扁無有靈魂的影像，然後食之無味地從畫面兩側甩出。

如果辦一場行車紀錄器與監視攝影機影展，無挑選地放映所有人的記憶卡或硬碟，會場上所有螢幕都將同時播放各地區無止境的漫漫長路，每條道路都無限地延伸，鏡頭頑固而堅定地朝正前方推送。那是多麼淒涼孤獨的集體畫面吶！

除了世界末日，我們實在想像不出這還能是什麼影像？

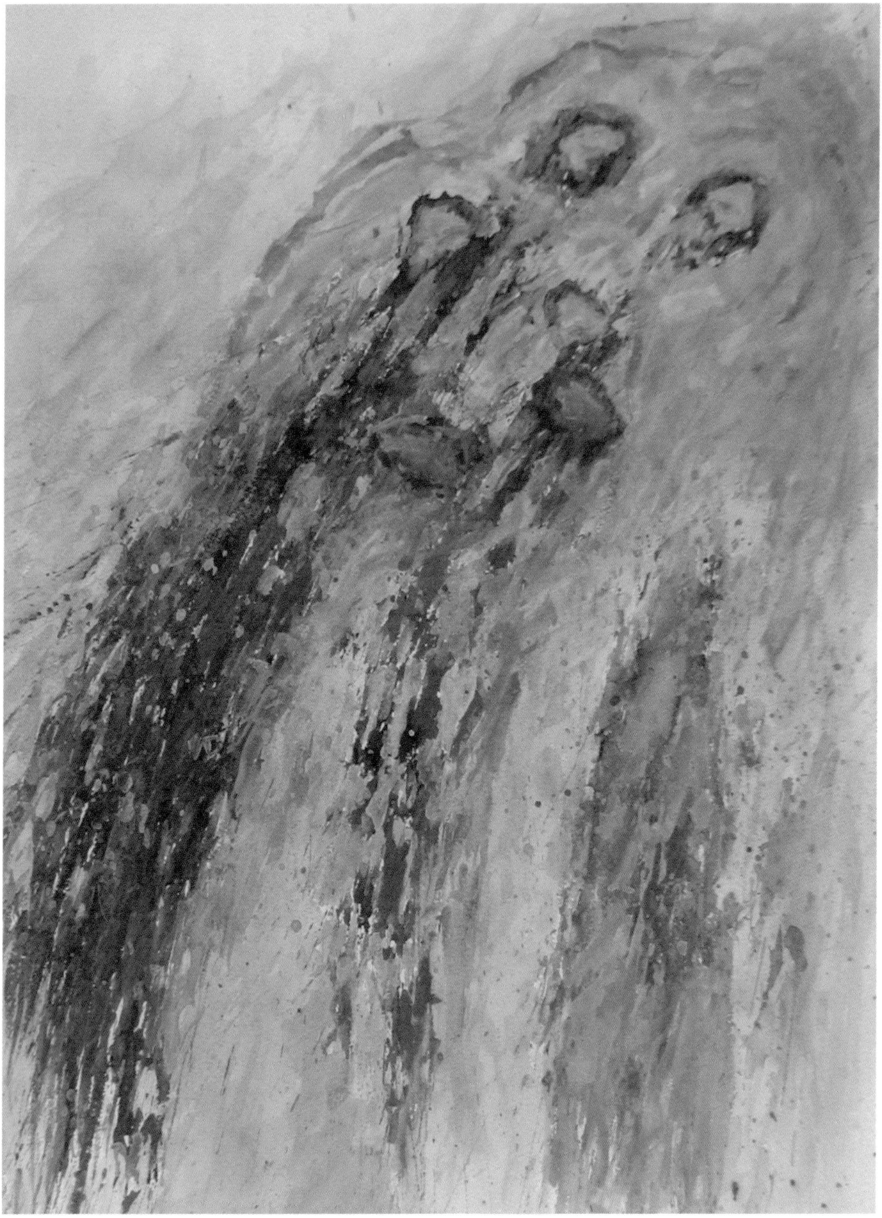

卷　三

思想的悲劇

女孩有一張明星的臉，化妝後細緻如蛋殼的肌膚，在一張又一張的自拍照中嘟嘴瞅著鏡頭；已經肥胖的男孩不斷從牛仔褲口袋掏出手機查看，對著手機大嗓門講完全重複空洞的話語；她在地鐵車廂裡沿路都低垂腦袋手指在手機螢幕上忙碌比劃，似交響樂指揮其實不是；迎面走來的中年婦人在一公尺前仍不避讓側身，二人要不各以半個身子狠狠撞上要不你橫移二倍距離避開；穿著鼠灰公務員夾克的男人躬身坐在窄仄騎樓邊的桌椅，眼神空洞地舀起一匙油湯送進嘴裡；早餐店擁擠的排隊人龍裡，背後的人總是緊一步貼著，肢體因此觸碰，你回頭望他一眼，一個表情木然卻耐不了久候的蒼老歐里桑；還有電視，晶亮閃動的巨大螢幕映射一張張失焦的臉，靜止地懸浮在不斷轉台的刺眼光影上……

放空腦子，腦袋扳進空檔鬆開煞車，地心引力自會滾動輪胎，奔馳如飛地滾下山坡。

這麼活著，以易被操弄的欲望與易滿足的需求，有錢沒錢其實都無比卑微。

這些在機器前出神的「人——機器」，如動物般固守習性與本能的「人——獸」，他們因被賦予思考的能力而自我坎陷於人的悲劇：人能思考，但幾乎所有時刻卻都不意味人有動用這個能力的微小可能。

丹麥王子哈姆雷特的悲哀亦是屬於所有現代人類的悲哀。

父親被謀殺、王位被竄奪、母親改嫁弒父仇人並飲鴆身亡，甚至劇終前包括主角自己的連續死亡場景，這些人倫逆亂與血海深仇其實並不真正銘刻哈姆雷特悲劇的偉大時刻（電視連續劇以百倍灑狗血的方式複製了這種廉價的錯亂）；哈姆雷特的悲劇是身處於「時間脫節」的巨大渾沌之中，必須思考而無有思考，必須行動而無有行動。世界的軸心已徹底歪斜傾覆，人必須自己思考並抉擇的時刻卻在劇中一再往後推延，to be or not to be成為問題，但不是因為主角性格的優柔寡斷，而是在生死存亡之前，思考的有無成為真正的問題。

伊底帕斯是命運的悲劇，欲避免弒父命運的一切行動最終反而鑄成悲劇本身，哈姆雷特卻是思想的悲劇，是在渾沌失序的究極錯亂與一切慣性皆失效的世界中必須自己思考自身命運卻癱瘓無能的悲劇。伊底帕斯不服命運，他因意圖改變秩序反而讓悲劇從天而降，哈姆雷特誕生於一切秩序皆錯亂的時代，他在思考的無能中坐實了悲劇的血肉。

哲學家假設人會思考並授予人各種獨特質地與美德，這些高貴假設終究只是一個期許，一個對「人」這個古老概念的信仰。然而，人應會思考而無有思考，這是人的悲哀。或問：如果伊底帕斯與哈姆雷特角色互換呢？伊底帕斯成為哈姆雷特並因躊躇於 to be or not to be 而蹙蹐於行動，哈姆雷特則成為伊底帕斯，奮袂而起撥亂返正，那麼悲劇或許就再也不可能了。可惜的是，我們已經回不去了。

惡鬼

行惡鬼道是一種主體性的反向彰顯，這樣的人透過無數次倔強悖逆在主體廢墟上建立完全顛倒的「我的世界」。

施行惡鬼道以自我持存的人常不自知，因為惡鬼在最終抹臉現身之前，不會以惡鬼形象示人。

康德傳統中假設主體擁有認識的能力，藉由先天賦予的知覺、感覺、統覺、知性與理性能力建構一個客體世界，但惡鬼喜逆反而行，事無論大小，以摧毀既有世界而自我證成。

究極而言，不任性與任意便不足以樹立主體。惡鬼說不並沒有其他理由，只是為了從可憐的對立中自我建構。驢子總是咿喔的叫，不代表牠就是能思考的主體。

這是徹底的迷惑行為，笛卡兒當年最驚恐的生命狀態。然而這亦是魔鬼所拋出的誘惑，無限拔高自尊卻缺乏自信的人每每入彀如陷迷宮。生命成為愈行深入就愈悲慘的旅程。

只剩下說no的空洞手勢。

在迷宮的核心，惡鬼揭開面罩不再是引路人，因為在此所有人都已經是惡鬼矣。

八分鐘的明亮

「如果太陽爆炸，我們會有八分鐘不知情，因為災難要抵達地球需要八分鐘的時間。在這八分鐘裡，世界將很明亮，人們還會感到溫暖。」

世界毀滅後，我們卻因時差而死後暫活（subsister）。在事件延展的時刻裡，一切皆已傾覆終結但同時卻也完好如初，這是末日的時延與虛構的起點。世界明亮，人們溫暖，但倒數計時的碼錶已被上帝悄悄按下，日曆在人們未察覺的某一瞬間翻過了生死的交界。八分鐘後每個人的雙目都將因高爆的強光而鼓凸炸裂、身體因狂捲而來的宇宙焚風而片片撕碎，地殼崩塌裂解，世界在瞬間襲擊的白熾亮度後啵一聲像燒斷燈絲的燈泡進入真正的永夜。

然而，在僅剩的八分鐘裡，地球照樣發出轟隆隆的巨響美好地轉動著，但我們已經是自己生命的殘影，成了預告終結的簡單徵候。

如果能夠每次重回到八分鐘的開頭，該怎麼活？或者其實是，該怎麼死？

這是關於「末日的溫柔」的問題。答案如同普魯斯特已經寫下的：

在時間中。

超人尼采

一、Amor fati

當尼采說「所有沒殺死我們的都讓我們更強」並不是單純地意味死則死矣，沒死則君子報仇三年不晚。

這是關於永恆回歸的試煉，是不斷將自身推擠到極限形式的生死決斷。一方面，這是著名的Amor fati，對命運之愛，是「粉身碎骨渾不怕」因為這就是我的命運屬於我，但另一方面，生命正是在此貼合其高級形式，是與一切陌異、他者與意外的肉身遭逢。

把自己翻摺到外部，成為他者，從一極限形式到另一極限形式以便自我轉型，這便是洞徹威力意志的哲學家姿態。

別怕，因為沒殺死我們的都讓我們更強。

二、像一頭獸，無法形容地持續被傷害……

「自從我有了我的查拉圖斯特拉在我意識的那一刻起，我就像一頭獸，無法形容地持續被傷害。傷口就是我從未聽到回音，連最細微回音的聲息也沒有。」

一八八八年盛夏，距他徹底崩潰已剩幾個月，他幾近心碎與悲劇性地寫了這行句子給他僅剩的友人F. Overbeck。

孤身一人卻力抗整個世界，從沒有任何哲學家、任何人這麼孤獨卻又這麼勇敢地繼續活著。

尼采，除了尼采還能是誰！

三、不再有永恆回歸的世界

台灣已經成為一個不再有永恆回歸的世界。所有已發生、正發生與將發生的事注定都將無足輕重地永遠消失。既不存在意義也不值得任何人記憶。在網路與新聞中大聲喧騰騷躁的，只是消耗與消費生命的空洞訊息。再怎麼大掀波瀾人頭攢動的事件都只是鬼市氤氳。

人的存有被空轉的虛無機器所輾碎蒸發，空洞訊息洶洶貫穿所有的人，但人與填塞他的訊息稻草都朝生暮死毫無意義。

「尼采對於那些不『信仰』永恆回歸的人們只宣告了極輕微的懲罰：他們將感受且擁有一種短暫即逝的生命！他們感覺、他們意識他們所是之物：一些無足輕重的現象；這就是他們的絕對知識。」

在一個不再有永恆回歸的世界裡活著，人只是各種消息、謠諑與教條所淘空的平庸殘影。

重點如尼采反覆暗示的：如何以極限與高級形式重啟永恆回歸的法輪？

只有超人辦得到。

四、Yes

如果世界是一個廢墟，只會對世界說no並隨波逐流地朝權力說yes，就是奴隸。

主人必須從敗毀與否定中提取yes，這是創造的根源。尼采因此說主人是「威力之人」（homme de puissance），嶄新價值的創造者與高貴威力的重複者。

至於奴隸，「攫取權力並不足以停止為奴」，德勒茲這麼寫著。

五、未來的開始

「活在這裡寧願死！」

似乎，這是尼采思想的奧義。

最後的人們

一、彈珠遊戲者

必須自創嶄新的遊戲規則，必須在自身強悍的創造性中給出規則的無上律令，並且在此律令中永不疲倦地反覆重玩。

換言之，絕非沉迷於別人設定的遊戲中，那只會是一事無成的「彈珠遊戲者」，必須相反地，對自己手創的規則成癮，對創造規則成癮。

至於那些「彈珠遊戲者」，只能過著每日歸零的扁平生命，與機器空洞地連結，被網路空洞地灌食，無差別的說話與死亡。「像被洗腦的殭屍一樣反覆誦唱，而在這同時，世界正在走向毀滅。」Lawrence Block在《八百萬種死法》中這麼寫道。

二、私の地獄

人沉溺，但不是因為置身天堂，不，剛好相反，是因為陷落在自己的地獄之中。

再引一次奈波爾，「他甘於讓時間，他生命的一部分，在暗淡中流逝。這才是真正的人的卑微、人的順從。」

多麼令人震驚。

三、輕忽與顛狂

人們渴望自由，甚至願意為此付出任何代價，價格可能極高，往往甚至賠上生命。這是史詩的題材，劇情總是結束於自由的最終獲得，如珍康萍《鋼琴師和她的情人》。然而，史詩似乎從不曾告訴我們獲取自由後要做什麼？因為不惜性命地爭取自由本身便足以譜寫一首波瀾壯闊的抒情詩。

或許，生命的難堪始於獲得自由後的悠緩時光。

提升到悲劇層級所終於換來的自由往往並不易成為理想與美好的實踐時刻。因為自由時我們總是荒殆，我們疏懶地對待以血淚贏取的時光，甚至願意相信輕忽與隨性正是自由的真諦。

相較於對自由的漫不經心，有人在自以為解放的虛假命題下恣意縱情，為所欲為地終於將自已培養成曲扭的怪物。

揮霍輕忽亦或顛狂成魔，自由難道不值得有更創造性的可能？

四、一命

自從上線以後，我們逐漸把自己深處的某些癥候坦露、拋上雲端，先是跟影像有關的眼睛、玩互動遊戲的手、聽音樂的耳朵，然後是四處定位打卡的腳、混跡色情網站的性器、團購零食的嘴……。

我們都是虛擬的，或正一點一滴虛擬，一切都在雲端不在人間，因為人間只有灰敗黯澹的生命。Google、Apple、Facebook、Amazon這些跨國企業以我們時代最頂尖的技術累積與分析我們連線後的一舉一動。我們無法抗拒，因為它們提供的創新科技是如此便利，廣告是如此誘人。於是我們留下自己的資料，我們電腦裡的各式檔案（文書的、影像的、音樂的）全像脫離地心引力般飄到據說隱藏在大海某處的資訊堡壘，像進入一顆浮在海中的巨無霸硬碟。

我們是空心人，我們是連線人。我的連線是我的存在，我是一只路由器，hélas。

於是我們開始透過電腦與手機提取我們的檔案，一生累積的檔案。這些檔案大多亦是稍早由網路下載的，我們各憑本事搜尋，下載，然後上傳，以我們各自之名存在雲端，上帝的檔案夾。這些原本是最表面的訊息成為分析與裁決我們是誰的唯一資料，成為我們，我們的瑣碎與悲憐。

柏格森講的真對，記憶並不存於大腦之中，大腦只是提取記憶的工具，遺忘是因為提取失敗，記憶不會消失。他預測了一百年後的我們，Google向我們保證的，我們的雲端一命。

五、最後一次

大部分時候人們並不知正發生的事其實是最後一次（是否第一次則無關緊要）。有生以來最後一次，再見。以後不再有了。我們慶祝第一次，在正發生的時候與爾後每一年的同一日子，但對於最後一次則無可感亦無可知悉，因此總是輕易地便鬆手開門離去。每一次生日、每一次見面、每一次情人的接吻、每一次的大笑與每一次的睡醒，都可能是最後一次，是我們以為將無限重複其實已結束的句點。但我們永遠不知道。讓我們來慶祝最後一次的第一次，並牢記其意義。

金山夜戲

一六二九年底在江邊的一場戲深深令人著迷。

張岱寅夜攜僕乘舟，在蟻靜魆黑的金山寺裡突然鑼鼓喧天的大演一場。

山裡的那夜何等驚心動魄。

張岱見天象靜異幻麗，一定急帶他的戲子僕人、戲班大箱、鑼鼓嗩吶管弦，長趨入大殿坐定。然後，要他的戲子開始演應景的《韓蘄王》。

在月光灑映如雪的暗夜裡。鏘！旦角清亮的嗓子拔地而起，緊接著群角奔上，眾樂齊鳴……

然而，演什麼其實不怎麼要緊。因為「戲劇化的，是強度」。生命的強度，暴漲於立即的時空動態之中。

四百年前的那夜，大驚喜，三十二歲的張岱。[1]

1 崇禎二年中秋後一日，余道鎮江往兗，日晡，至北固，艤舟江口。月光倒囊入水，江濤吞吐，露氣吸之，噀天為白。余大驚喜，移舟過金山寺，已二鼓矣，經龍王堂，入大殿，皆漆靜。林下漏月光，疏疏如殘雪。余呼小僕攜戲具，盛張燈火大殿中，唱韓蘄王金山及長江大戰諸劇。鑼鼓喧填，一寺人皆起看。有老僧以手撥眼翳，翕然張口，呵欠與笑嚏俱至，徐定睛，視為何許人，以何事何時至，皆不敢問。劇完將曙，解纜過江，山僧至山腳，目送久之，不知是人、是怪、是鬼。

我反叛

反叛這個世界只有一種方法，唯一的方法：創造。
必須以真正的創造性反叛這個齷齪的無聊世界。
其他都只是不同形式的屈從。

這麼說來，開天闢地的神不也是第一個真正的反叛者？

反叛不是單純說 **no**，一味說 **no** 只會成為可悲的奴隸。高貴的反叛者說 **yes**，但不是笨驢的凡事皆咿喔的驢叫，而是由創造性所自然呈現的**肯定**。

反叛的最終形式是創造，無創造的反叛空洞而蒼白。為反叛而反叛只能是年輕人的浪漫，停留在啟蒙的最初形式，是為了擺脫自己的未成年狀態，為了與墮落的成人世界對幹所從事的蹲馬步練習，值得人們為其喝采。然而一個成年人如果仍然只有蒼白的反叛，未能在過往歲月裡創造更高於反叛的生命價值，他是悲哀的。因為他反叛與背叛的其實是生命本身。

請反叛，請創造。其他免談！

終結上帝的審判

a歷經生命的狂躁與顛狂，二年間像焚燒的烈燄般把自己的婚姻、友誼、學業與生活轟成廢墟與灰燼。現在雖然重新投入嶄新的生活之中，但卻顯得隱蔽低調，斷絕一切朋友交際，彷彿世界的轉盤從此被撥到另一頭，時間的珠玉已不再可能滾落到同一個袋子裡。

年輕時我們或許無能避免生命的暴亂，世界被自己引爆同時亦炸毀自己，但在餘生中卻能因此謙卑，寬容地對待這個同樣充滿他人狂躁的粗暴世界。

這樣的人生，即使曾經做了什麼不好的事，仍是令人動容的。

當代名家・楊凱麟作品集1

虛構集：哲學工作筆記

2017年11月初版　定價：新臺幣290元

著　　者	楊凱麟
內文插畫	宋　灝
編輯主任	陳逸華
叢書編輯	張彤華
校　　對	施舜文
封面設計	許晉維

出版者	聯經出版事業股份有限公司
地址	新北市汐止區大同路一段369號1樓
編輯部地址	新北市汐止區大同路一段369號1樓
叢書主編電話	(02) 86925588轉5305
台北聯經書房	台北市新生南路三段94號
電話	(02) 23620308
台中分公司	台中市北區崇德路一段198號
暨門市電話	(04) 22312023
台中電子信箱	e-mail：linking2@ms42.hinet.net
郵政劃撥帳戶第	0100559-3號
郵撥電話	(02) 23620308
印刷者	世和印製企業有限公司
總經銷	聯合發行股份有限公司
發行所	新北市新店區寶橋路235巷6弄6號2樓
電話	(02) 29178022

總編輯	胡金倫
總經理	陳芝宇
社長	羅國俊
發行人	林載爵

行政院新聞局出版事業登記證局版臺業字第0130號

本書如有缺頁，破損，倒裝請寄回台北聯經書房更換。　ISBN 978-957-08-5034-5 (平裝)
聯經網址：www.linkingbooks.com.tw
電子信箱：linking@udngroup.com

國家圖書館出版品預行編目資料

虛構集：哲學工作筆記/楊凱麟著．初版．
臺北市．聯經．2017年11月（民106年）．200面．
14.8×21公分（當代名家・楊凱麟作品集1）

ISBN　978-957-08-5034-5（平裝）

855　　　　　　　　　　　　106020342